GOBOOKS
& SITAK
GROUP ©

GOBOOKS
& SITAK
GROUP©

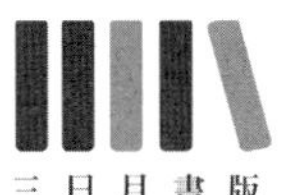
三日月書版

三日月書版

三日月書版
BL002
指尖的詠嘆調
六百一
vol.02

CONTENTS

SOUL INVASION

黎楚
亞裔，身高179cm，身材偏瘦。深黑短髮，棕色眼睛。
笑容玩世不恭，帶一點邪氣和傲慢。經常做駭客工作，有黑眼圈。打扮年輕時髦，身上有不少戒指項鍊之類的飾品。
能力:資料操縱
能夠自由編寫人體代碼以控制身體（肌肉、激素、體液、內臟、骨骼等），或控制電子產品中微小電流與訊號（入侵網路、加密與破譯、修改資料），並藉以進行電子藝術的創作，後期成長後產生了新的特性。

沈修
亞裔和日爾曼混血，身高186cm，比黎楚健壯一點。
外表英俊。患白化症，皮膚異常白皙，銀灰色短髮，淺藍色眼睛。
氣場端莊、冷峻、穩重而有威嚴。身穿黑色長款立領風衣，雙手也常戴白手套。
能力:引力
宇宙四大基本力之一，附帶長壽的特性。
能夠控制萬有引力，例如改變一定範圍內的重力方向以達到念動力的效果；扭曲空間以扭曲光線，達到隱形；控制核融合、分裂（每秒兩百萬次）釋放能量，製造高維空間以囚禁或放逐物體；使用重力將物體達到近光速運動；通過近光速運動使時間發生扭曲，製造小型黑洞。
極限能力是開啟時空蟲洞。

Episode 3
天堂之聲

SOUL INVASION

靈魂侵襲

1

半個月後。立冬。

沈修收起資料夾，放回桌上。他摸了摸旁邊的咖啡杯，已經冷了。時針悄無聲息地走在夜半兩點整的位置上，窗外燈光都已冷寂。

他起身的時候，偶然發現一張字條落在地上，想來應該是資料夾放下時帶起的風將它颳了下來。

沈修俯身拾起，順便看了一眼，上面寫著：

巴里特：

更多番茄醬，謝謝。

——沈修

巴里特是他的管家，落款上是他的名字。

沈修：「……」

為什麼他毫不知情？

光是想像黎楚躡手躡腳跑進他的書房，偽裝他的字跡作出這張紙條，只為了要求番茄醬……沈修嘴角一抽，難以理解。

為什麼要更多番茄醬，每天都供應他兩包了還不足夠嗎？更過分的是，為什麼要用「沈修」的名義？

沈修以手撫額，揉掉紙條毀屍滅跡，當沒看見。

這位 SgrA 的王並不知道，因為他的共生者「羅蘭」表現出對番茄醬的極大熱情，吃麵包要抹、吃生魚片要抹、什麼都不吃也能乾吃番茄醬，所以管家巴里特和SgrA的成員們從百般困惑到淡然視之，最後甚至發展出了一條可疑的謠言。

共生者的這種愛好，是不是因為他的契約者——王上沈修其實超級愛吃番茄醬，所以情緒傳遞給了共生者？

瞬間八卦滿天飛，匿名的熟人社交APP上到處都是對沈修口味的猜測。

黎楚快樂地坐在幕後，叼著番茄醬包刷APP，這上面的資料對他來說全無隱藏，當看到穩重的五十歲老管家巴里特匿名發了一條「我才不會告訴你們王特別特別喜歡番茄醬蘸番茄派」的時候，簡直樂不可支，頓時萌生了再坑沈修一把的念頭。

這張紙條就這麼惡趣味地誕生了。

這時候，沈修剛毀屍滅跡，準備離開書房。

薩拉敲了敲門道：「頭兒？」

沈修道：「進來吧。」

薩拉一手拿著手機，遞給沈修道：「頭兒，馬可想和您談一談。」

沈修接過手機，薩拉便笑嘻嘻走了。

他喂了一聲，無奈道：「馬可，你可以直接打我電話。」

情報組長馬可在那一頭笑道：「嗨，陛下！我直接打您的電話，那多有負擔啊！您那電話吶，來往的都是什麼梵蒂岡主教啊，國家特組首領啦，可是金貴著呢！我哪兒敢直接打啊！」

沈修：「……」

哪來這麼重的京片兒！你不是純正的義大利人嗎！

馬可那頭風聲極大，說話時也是大呼小叫：「陛下！您給我的任務我做完啦！我徹底失敗啦！就醬子厚！」

沈修撫額道：「你現在在哪？」

馬可大聲答道：「我在華山上某個角落吧！迷路囉，不造在哪裡哦！」

沈修：「……好好說話。」

聽他語氣嚴肅，馬可瞬間弱了下來，幽幽道：「陛下，我這兩天認真完成您指派的任務，但有點困難，那個黎楚不曉得是哪裡冒出來的，我竊聽他好多天，感覺他除了閉著眼睛睡覺，就是在玩電腦……您是從哪裡找來這個契約者的呀？」

沈修略蹙起眉頭。

黎楚當然不是從哪裡找來的契約者，他是自己的共生者。一個極為特別的共生者。

馬可道：「我到處聽了半天，同名同姓的都是普通人，和他長得相似的就更多了。那個黎楚的能力我猜半天猜不到，感覺世界上根本沒這個契約者。他要不是石頭裡變出來的，不然就是被誰牢牢捂在懷裡的寶貝，不當心才跑出來的。」

沈修思考片刻，食指輕輕在手機邊緣劃動，說道：「馬可，調查最近有什麼組織發生嚴重事件，導致契約者流落……」

馬可道：「馬越拉的伊卡洛斯基地不是在最近被毀了嗎？說起來，陛下您的共生者也是被伊卡洛斯基地領走的，聽說剛回來了，我還沒見過呢——」

黎楚是沈修的共生者這件事，目前沒有他人知曉，SgrA的人都以為黎楚是王親自引入的新成員；而從伊卡洛斯帶回來的共生者羅蘭，則始終被監禁在北庭花園深處。

簡單來講，他們以為黎楚是新成員「黎楚」，和共生者「羅蘭」是兩個不同的人。

薩拉知道黎楚是沈修的共生者，卻不知道他擁有能力，也是一名契約者，只以為沈修是出於保護的原因隱瞞了這個消息。

唯有沈修全盤清楚這一切，但他始終有著疑慮，懷疑黎楚已經不是原來的羅蘭。

羅蘭是他的共生者，是個心思非常簡單的人。沈修瞭解他，也認定羅蘭無法成為黎楚。

黎楚的骨子裡有一股天生的優雅和清貴，那不是羅蘭這個多年不見光的白化症共生者能擁有的東西。

沈修坐回椅子上，片刻後說道：「查。馬可，不要關注『黎楚』這個名字了，你去看看伊卡洛斯基地是否還有倖存者，再將一個月前的伊卡洛斯傾覆事件查得更詳細一些，我要知道馬越拉是不是在伊卡洛斯藏過一批祕密的契約者。」

馬可在電話那頭應道：「Yes, your majesty! 保證在我轉出華山之前，就完成任務！」

沈修也懶得戳破這個情報專家的路痴屬性，嗯了一聲便掛斷電話。

十分鐘後。

沈修走到黎楚房門前，見門內的光已經熄了，知道黎楚玩到半夜終於睡了。

如以往一般，他在門口站了一會兒，確認黎楚的氣息。

共生者對於契約者總是很特殊，越是強大的契約者，往往越能清楚感知共生者的位置。這半個月來，沈修對黎楚的氣息越發熟悉了，在他的世界裡，黎楚就相當於亞歷山大燈塔那麼明亮。

沈修將手按在胸口，微微皺起眉，發現那要命的焦躁感依然頑強地從骨髓深處浸透出來。

與之相隨的則是一股熱流，從心臟深處傳遞到四肢百骸，使人為之顫慄。

無論多少次，無論調用多強的意志力，都無法消弭。

他很不喜歡這種感覺。

……況且，還隔著一道門。

2

黎楚宅了十來天，不是在網路世界裡亂竄，就是埋頭苦苦編寫人體代碼。

通過幾天的努力，他初步最佳化了大多數的反射神經代碼，現在他的戰鬥直覺可說是人類中數一數二的存在。

一般人類的反應速度在零點五秒左右，受過專業訓練的人可以大幅縮短，乃至於達到零點四至零點三秒的程度。

黎楚在大量壓力測試的情況下，可以達到戰時零點一八七秒的反應速度，但是這會占用他的大量神經資源，從而影響思考效率。一般情況下，他會維持在正常狀態，差不多是零點二三二秒的反應時間。

神經反應速度飛快是什麼感覺？

差不多是桌上的杯子被撞倒了，水還沒來得及灑出來，黎楚就能把它扶好；或者說《忍者切水果》那破遊戲，只要願意，黎楚可以玩到天荒地老，絕對不會死。

還有更恐怖的作用，但那是戰鬥中才會使用的能力。

早上將近十點時，黎楚懶洋洋起了床，穿著半敞開的睡衣，瞇著惺松睡眼，先刷牙洗臉，感覺自己還有點睏，就坐在床上刷了一會兒微博。

「大河二何」的微博帳號在半個月前發了一張名為《純血公主》的電繪插圖，已經被新浪認證為「CG插畫家二何」，雖然這半個月都沒再發任何微博，但是每天都有無數新鮮粉絲自動送上門。

原來那條微博下面不停有人來觀光和打卡，評論和轉發已經達到了近百萬的恐怖數目。

底下的評論完全成為了日常閒談，不是一群粉絲在聊男神二何，就是猜二何和大河的關係。連帶著這個帳號早年的微博都被人翻了個遍，何思哲畫的一堆美女CG圖的下載量都上漲了好幾倍。

因為私信箱總是響個不停，既有私人的交友資訊，也有各種招募二何的公司邀請，黎楚通常草草掃過一眼就算。

這會兒隨便一瞥，他忽然看到一個名字叫「明日未央」的粉絲，私信內容是：二何大大，我真的很喜歡你的畫，有種似曾相識、惺惺相惜的感覺。大神，你會去聽音樂會嗎？聽說這個月九號有一場盛世音樂會，天后葉芸小姐也會獻唱，我剛好有兩張邀請函，冒昧邀請你一起去的話，你有興趣嗎？

黎楚又看了一遍，對音樂會毫無興趣，一時也有些奇怪自己為什麼會被這條消息吸引。想了一會兒，覺得是「明日未央」這個名字，和他原先的共生者晏明央的名字有相似之處，所以讓自己過於敏感了吧。

黎楚沒有太在意這條私信，不過心情倒是好了一些。

他刷微博本就不是特別為了什麼，單純只是，被上面千奇百怪的消息，和人們無意間傾瀉出來的感情所吸引，如此而已。

黎楚隨便在餐廳要了份三明治，和幾包番茄醬。因為時間的緣故，沒有碰上沈修，出來時從管家口中得知，沈修還在開會。

不是半個月一次的重要例會，只是和薩拉、馬可、塔利昂等幾個核心成員進行內部討論，因此還是在北庭花園A座的一樓會議室進行。順帶一提，馬可還在華山迷路，他出席的方式是遠距離視訊。

黎楚搖搖晃晃，又跑到C座的對應窗口前，取出那支萬惡的紅外線筆，對準了對面會議室的玻璃窗。

這次，他還沒有開啟能力，原本坐在主位上漫不經心聽報告的沈修忽然放下了支起的雙手，直接看了過來。

兩人隔著中間的花草對視了片刻。

黎楚絲毫沒有被抓包的自覺，假裝玩著紅外線筆，用那一點紅光在沈修臉上畫圈圈，做壞事時還歪著頭，嘴角含著一絲壞笑。

沈修：「……」

黎楚不懷好意地將紅光停在沈修淺色的唇上，同時輕慢地探出舌尖，輕輕舔了舔上唇，然後用口形道：**你昨天咬傷我了**。

這純粹是胡說八道，SgrA 的王又不是屬狗的。

沈修目光在黎楚唇上一觸即離，收回了視線。

回過頭時，才發現整個會議室的人都因為自己的走神而停了話語。

薩拉臉上寫著「這一定不是真的」，馬可臉上寫著「哦喲這挺新鮮」，塔利昂臉上寫著「我才報告到一半喂」。

沈修掩飾性地端起茶，輕輕啜了一口，繼而發現裡面是咖啡。

黎楚穿著睡衣，繼續在別墅裡到處晃，路過玄關時看見鞋櫃上擺著一疊邀請函。

純白色的邀請函設計得十分優美，邊緣的壓花意外迎合了黎楚的審美觀，隨手打開一看，發現是由唯鴻集團董事親自發出的邀請函，內容是十一月九日的盛世音樂會，屆時晚上還會有一個貴族派對，凡是 SgrA 的成員都受到熱烈歡迎。

落款處是唯鴻的少東家，葉霖。

這種邀請函一般出於禮貌，會發給所有夠資格的集團、組織、個人等等，去不去是他們自己的事，至於到底應該招待多少人，發出邀請函的人當然也心裡有數。

比如葉霖，他向 SgrA 發出邀請函時就知道，基本上這個王系直屬勢力不會理會他。

但是，SgrA 裡有個小鮮肉叫黎楚。

他忽然覺得，自己和這個盛世音樂會，頗有緣分。

臨近十二點，沈修開完會議，忽然心頭一動，感覺到自己那個不安分的共生者飛快溜出了感知範圍。

沈修頗為惱怒，片刻後又生出一絲無可奈何，無奈問薩拉道：「我等會有什麼行程安排？」

薩拉道：「頭兒，您和『黑主教』約了下午一點鐘，半個月前就約了。」

「在什麼地方？」

「在……嗯，十四號街北邊的咖啡廳。那裡是教會的地盤，要換地方嗎，頭兒？」

修長的手指在桌面上緩緩叩了兩聲，沈修道：「罷了，行程不變。再去聯繫馬可，要他替我盯著黎楚。」

兩秒後。

薩拉瞬間炸毛：「什麼！他又溜了？那可是我花了兩百萬新買的保安系統！」

3

黎楚不但溜了，還順手拿走了沈修的風衣和傘，當然還有邀請函。

因為白化症的緣故，沈修的外套大多是黑色的，衣領立起來時可以遮住小半張臉。黎楚比沈修矮了幾公分，穿上他的風衣除了肩膀寬了點外，下襬也略長。

他裡面還穿著寬鬆的白色毛衣，這麼搭配挺不倫不類的，就順便把風衣釦子都扣上了。黎楚腿長身材好，穿上風衣顯得整個人特別瀟灑，還有股吸引人的神祕感。

沈修的風衣口袋裡塞著很小很薄的記事本，這是他的另一個習慣。他做事一般都記得很清楚，不但記得清楚，還要親手寫下來，確保萬無一失。

黎楚隨便翻了翻，裡面都是一些重要的活動，翻到後面時，發現最後一張紙上潦草寫著「大河二何」四個字。

挺有意思的，沈修的筆跡很少這麼潦草。

黎楚沒有錢，沈修的風衣裡更沒有錢。

他跑進地鐵站，打開能力編了兩個簡單的接口，用手掌在機器上一劃，機器就嗶一聲收起閘門了，他趁人不注意混了進去。

坐在地鐵上，對面有兩個年輕女孩不停興奮地竊竊私語，還掏出手機偷拍黎楚。黎楚注意到了，心情頗好地歪頭向對面壞笑了一下，引來一陣壓抑的尖叫聲。

到站了，黎楚用手指在額頭上向外一劃，酷炫地告了別。

走出地鐵站，迎面就能看到唯鴻集團下屬公司的大樓，外表玻璃光亮，鋪著紅地毯的一樓大廳寬敞別致。大樓背後就是盛世音樂會的會場，裡頭的空間可以容納幾千人。

因為中間到處閒晃了許久，黎楚抵達時是二點十五，音樂會已經開場十五分鐘，保安將門關上了。兩個迎賓服務生在門口禮貌地說：「對不起先生，盛世音樂會停止入場了。」

黎楚兩手插在口袋裡，摸到那張白色的邀請函遞出去。

一名迎賓人員接過邀請函，打開看了一眼，立刻驚愕地合上，鞠躬道：「對不起，尊敬的客人，您的邀請函我們無權處理，請您先隨我們進入ＶＩＰ通道，我們的經理很快會來向您解釋。」

她說完，依然彎著腰，恭謹地示意黎楚從另一個門口進入。

黎楚無所謂，跟著她走到所謂的ＶＩＰ通道，感覺除了裝飾大氣一些也沒有什麼特別。倒是兩邊的迎賓人員更恭敬了，連瞟都不敢瞟過來一眼。

黎楚猜想是因為邀請函的原因，他們大概從未招待過來自SgrA的客人。這張邀請函也只是小心地邀請了晚上的派對，想來也沒想過SgrA的人會跑來聽音樂會。

黎楚身上還穿著沈修的風衣，忽然有了種狐假虎威的奇妙感覺。

會場的設計十分有趣，外圍是環形的觀眾區，內環是ＶＩＰ房間；每個房間都是單面可視玻璃，裡面能看見中間的表演場地，外面則看不見裡面的情況。

黎楚跟著進了房間，發現面前一整面都是玻璃，外面的情況幾乎盡收眼底。

室內放著豪華沙發和牆上電視，還有兩名專屬的服務人員，一人會負責飲料、點心，一人會負責報幕、提醒，還有控制ＶＩＰ專有的攝影機。這個攝影機只為黎楚服務，可以在會場內任意移動，拍攝的內容會顯示在牆上的電視裡。

不久，唯鴻的一個經理恭敬地來敲門，為了黎楚在門口耽誤的那一分鐘時間鄭重致歉，還帶來了一瓶四十年代的紅酒，親自為他斟了酒。

這是黎楚第一次來，他們不清楚他的喜好，所以各種飲料甜點都在門外準備了一份；等黎楚下一次來，他的一切喜好都會建檔——從紅酒的品牌年分到室內地毯的溫度，全部都能安排妥當。

黎楚於是幸福地陷在思特萊斯真皮沙發裡，抱著小枕頭，翹著二郎腿，點了一份布朗尼、摩卡慕斯、提拉米蘇、香草泡芙、巧克力富奇蛋糕……和一名兔女郎。

毫無疑問，貴客的要求全都必須滿足，十分鐘後一名女服務生光榮當選，興奮地戴上兔耳朵，穿上絲襪，跟在一堆甜點後面進了包廂。

當兔女郎風情萬種地從沙發另一頭，波濤洶湧地爬過來時，黎楚滿意地點點頭，然後掏出手機。

「喀嚓喀嚓。」

拍照。

黎楚拍完兔女郎，把色香味俱全的各色甜點一個個擺好，拍照，想了一會兒，打開美圖秀秀，開始修圖。

兔女郎：「……」

黎楚看了她一眼：「別客氣，隨便吃，反正拍完了。」

這場音樂會能看得出唯鴻旗下的音樂公司挺賣力的，光是知名樂團和歌星就請了不少，音樂會全程大約兩個半小時，這會兒剛結束一場演出，下一位很快就登臺獻唱。

這次是波蘭民歌和中國古風樂曲結合的新作，在古典韻味中帶著神祕異域風格，兩名歌手極具實力，唱到高潮時餘音繚繞，震撼全場。

黎楚聽著聽著，手裡拿著攝影機的遙控器，把鏡頭到處亂搖，一會兒看歌手，一會兒看VIP房間，一會兒又盯著某個聽得目眩神迷的觀眾。

兩名服務生和一名兔女郎始終關注著他的舉動，黎楚知道這是為什麼。

過了一會兒，他光明正大地使用了能力，博伊德光毫無掩飾，淡淡放射出去。

黎楚的能力差不多能解析十米內的資料而已，範圍再大的話，他的大腦就會因為超負荷而受到影響。但是如果通過電流、訊號等載體，他就可以瞬息千里，到達任何電子設備上都不是難事，這毫無疑問得感謝現代社會的便利。

現在他就通過攝影機的資料流程，一路侵入了整個會場的電子網路，意識竄進各個VIP房間的設備裡。

二十四個VIP包廂沒有閒置，裡面一共坐著三十一人；根據黎楚的經驗判斷，其中二十九個是契約者。

這很有意思。契約者是一群利益至上的人，絕不會毫無緣由地參加一場普通的音樂會，這場音樂會一定有能夠吸引他們的地方。

黎楚收回能力，饒有興趣地問旁邊的服務生道：「這場音樂會有什麼特別的地方？」

對方恭敬地答道：「先生，盛世音樂會邀請了國際知名音樂家……」

黎楚打斷道：「我不想聽這個。你們的壓軸是誰？」

「……集團的葉芸小姐將會進行壓軸演出，先生。」服務生答道。

黎楚挑了挑眉，「葉芸」和「葉霖」兩個名字在腦海浮現，若有所思道：「哦，是嗎？第二順位繼承人的弟弟辦了一場音樂會，第一順位的姐姐來做戲子……有趣。」

4

下午四時整，高樓的掛鐘迴響起鐘聲。

盛世音樂會現場呼聲已達到最高潮，主持人激情地宣告：「接下來登場的，就是我們萬眾期待、望眼欲穿的聖歌天后——」

話到一半，底下聲嘶力竭的吶喊聲打斷道：「葉芸——」

有如沸油中投入一點火星，瞬間引爆全場。

「葉芸！葉芸！葉芸！」

「啊啊啊啊——」

黎楚靠坐在沙發上，兩手張開放在沙發靠背，歪著頭看外面的場景，嘴角噙著漫不經心的笑意。

二十四個VIP房間，所有專屬攝影機都轉向了舞臺。

舞臺中心，層層光芒照在同一個位置，地面燈管向上射出道道雷射，簾幕一般籠罩著緩緩升上來的天后。

葉芸穿著純白紗裙，雙臂籠著朦朧的輕紗，長裙搖曳至地，肩上披著雪白羽衣，長而雪白的尾翎有如天使羽翼般微微張開，帶著夢幻的輝光。

全場寂靜，葉芸抬起頭，髮間別著的流蘇輕輕晃動，純淨無瑕的面容是無可抗拒的美感。

她輕聲哼唱起來，沒有人敢眨動一下眼睛，生怕將歌聲打斷。

背景音樂伴著葉芸的歌聲緩緩奏起，她睜開蔚藍的雙眼，歌唱出聲：

die Ruinenstadt ist immer noch schön（廢棄之墟依舊美麗）

ich warte lange Zeit auf deine Rückkehr（我一直在這守候你歸來）

in der Hand ein Vergissmeinnicht（緊握著那支勿忘我）

葉芸張開雙臂，從她身上折射出溫柔的光輝，她站在光中，恍如從光中誕生的熾天使。

ＶＩＰ房間內，黎楚坐起身子，笑容略收。

他不會錯認，葉芸身上，分明是博伊德光。

舞臺中心，葉芸邁動步伐，優雅地改變方向，掃視著觀眾區。

所有人都感到她彷彿看著自己，人們在歌聲中渾然忘我，有如看到了神蹟。

靈魂侵襲

It might be just like a bird in the cage（彷彿是籠中之鳥一般）
How could I reach to your heart（究竟如何才能觸碰你的內心）
I need you to be stronger than anyone（我需要你變得比任何人都堅強）
I release my soul so you feel my song（我放開靈魂讓你聽見我的歌）

一股無形無色的波動，自舞臺中心擴散開來，很慢，但不容忽視。它以歌聲為載體，藉由會場內種種聚音設施，籠蓋整個場地。

博伊德光漸漸強烈起來。

葉芸仰起頭，眼中帶著些許迷離，歌聲有如杜鵑一般清亮而悲傷。

Regentropfen sind meine Tränen（雨滴化作了我的淚水）
Wind ist mein Atem und mein Erzählung（風帶來了我的呼吸和故事）

Zweige und Blätter sind meine Hände（枝葉化作了我的雙手）
denn mein Körper ist in Wurzeln gehüllt（因為我的身體被凍結在根鬚之中）
wenn die Jahreszeit des Tauens kommt（當季節更替之時融解）
werde ich wach und singe ein Lied（我醒而歌唱）

這是β系催眠波。

在歌聲裡有人類無法察覺的細微波動，它通過耳膜進入人腦後，人的表意識根本無法意識到它的存在，潛意識裡卻已經接受。它如同病毒一般，通過這種方式繞過防備、滲透進人腦，悄無聲息地代替原本應該執行的動作，直接命令人執行它帶進來的命令——

睡吧。忘記這一切，睡吧。

伴奏聲停，葉芸的表演進行到一半，突兀地結束了。她站在原地，白衣黑髮，依然聖潔得好似天使。

但沒有人在意這件事。觀眾區內一排一排的觀眾都已沉睡，他們迫不及待進入夢鄉，只覺得沒有任何事更為重要。

整個會場，轉瞬間有如寂靜的墓園。冷寂的燈光，依然如故。

黎楚的房間內，兩名服務生和一名兔女郎同樣倒下了。他替自己倒了一杯紅酒，只是聞著味道，卻沒有喝過一口。

他隨時準備戰鬥，因此不允許任何可能性干擾自己的思緒。

現在終於明白，為什麼一場普通人類的音樂會，居然能吸引二十九名契約者前來——

原來唯鴻集團的第一順位繼承人，葉芸大小姐，是一名催眠系契約者。

她只唱了半首歌，這裡數千名人類都已沉睡。

二十四座ＶＩＰ房間內沒有一個人中招，但也沒有一個人出聲，他們寂靜如潛伏的蛇。

契約者從來不缺乏耐性。

舞臺中央，又緩緩出現了兩道身影。

他們都穿著正式的西裝禮服，身姿筆挺，面容乾淨俊秀，但沒有人會錯認他們的主僕關係。跟在後面的那個男人始終恭敬地低著頭，姿態卑微入骨。

站在前面的年輕人戴著墨鏡，風度翩翩地向場下鞠躬，拿起麥克風，在這死寂的會場中，卻有如酒會開始前的致辭一般從容地說：「感謝各位來到我的音樂會。鄙人，就是這場音樂會的主辦人，葉霖。」

無人回應，他繼續說道：「在場的各位想必已經知道我與家姐的身分。不錯，家姐實際上是一名催眠系契約者，她的一首歌，可以產生兩千單位以上的催眠波動，足以下達三千五百道以上的常規級催眠命令。今天我開的這場音樂會，除了介紹家姐，更是為了替我親愛的姐姐——挑選一名優秀的丈夫。」

優秀的丈夫？

在場沒有一個人相信這點。

黎楚心裡清楚，葉芸必然是失去了葉家的繼承權，才會淪落到成為攣生弟弟葉霖的戲子和籌碼。

恐怕這場音樂會的唯一目的，是將葉芸賣出一個好價錢——就算葉芸失去了繼承權葉霖還不肯放心，所以他才會請來如此多的契約者。畢竟只有徹底失去東山再起可能的姐姐，才會是一個好姐姐。

契約者們各自代表一個勢力，他們將在此競價，出價最高者得到葉芸的支配權。

這種交易，異能界古來有之，迄今不絕。

臺上，葉霖面無表情，眼神不帶絲毫感情。他的聲線十分乾淨，從中還能聽出他的攣生姐姐絕美歌聲的影子。

他看向葉芸，說：「親愛的姐姐，看來貴客們不是十分滿意妳的招待，不願意從房間裡走出來。妳是不是，應該表示一下什麼？」

葉芸眼神漠然，拖著雪白的紗裙，轉身坐在舞臺唯一的圓臺上，黑髮迤邐，天使的羽翼向下垂落。然後她慢慢撩起裙子，掰開了自己的雙腿。

白裙下，一絲不掛。

5

時鐘悄然走向四點二十分。

盛世音樂會沉寂如墓地。

臺上的三個人，分別是葉霖和葉芸這一對孿生姐弟，和一名不知名的僕從。

三號ＶＩＰ房間的門無聲無息地打開了，走出來的男人臉色蒼白，嘴唇卻殷紅似血。他風度翩翩地走出來，嘴角帶著優雅的笑容，視線卻毫不避諱地觀察著葉芸。就好像看著一塊打折的鮮肉一般。

這是一名血族，或者說，吸血鬼。

接下來，五號、七號、十四號的門各自打開，裡面走出來的人，分別屬於政府的特組、本地教區的教會，和本市常駐的兀鷲組織。

當這四人走出來後，剩餘的契約者便一一站在了十米遠處。

異能界從來成王敗寇，階級分明。不到等級的人絕不允許先於高位者表態，更不可能站在誰的身後——背後這個位置，向來極為危險。他們寧可互相遠遠觀望，絕不站在一起。

二十九名契約者，兩名普通人。在這兩名普通人中，一個從七號房間內走出來，他是教會的人，僅憑這一點，他就站在了比剩餘的契約者更高的位置上。

當他們都走出來後，臺上的葉霖卻沒有致意，反而將視線投向了一號ＶＩＰ包廂。

他欠了欠身，不卑不亢地問道：「來自 SgrA 的客人，我是否有這個榮幸，請尊駕現身一晤呢？」

立刻，所有人都看向了這個包廂。

沒有人知道 SgrA 的人居然也在這裡。倘若事先知情，恐怕泰半的勢力都會識趣地退出競爭。

一號房間裡，當然就是黎楚。

但黎楚來這裡只是臨時起意，對葉芸根本毫無想法。

退一步說，SgrA 也不需要葉芸。不說她僅僅只是個催眠系異能者，略微罕見而已；就算是臺上的葉霖，身為契約者和唯鴻集團的第一繼承人，想要進 SgrA 恐怕也不夠格。

而且，黎楚還根本是偷溜出來的。他身分特殊，一點也不想暴露自己。

黎楚窩進沙發裡，半天沒出聲。

葉霖等了片刻後沒有得到回應，便直起身，從容道：「看來家姐還無法引起您的興趣。那麼……各位先生，我是否有幸，知道你們分別代表哪個門庭？」

沒有人相信葉霖對這些契約者一無所知，還需要他們進行自我介紹，可是所有人心裡都想瞭解各自的競爭對手，因而默不作聲，默許了葉霖的規則。

黎楚好整以暇，嗅著紅酒的香氣，透過玻璃觀察著臺上的葉芸。

她好似一件被放置在臺上的貨物，保持著同一個姿勢，一動不動。

黎楚心想：她唱歌的時候還有些生趣，不唱歌的時候就是個機器人，沒有感情，不好玩。

此時此刻，這裡所有清醒的人，都沒有正常的情緒，這令黎楚意興索然。剛才音樂會時，觀眾狂熱的歡呼和激動的眼神，無數人的情緒交織成一張色彩繽紛的大網，令他意猶未盡。

時間慢慢流逝，分針發出一聲輕響，停在了四點四十四的位置上。

葉霖背後的那個年輕人忽然動了。他出場以來始終恭敬地低著頭，簡直要卑微到塵土裡面，沒有人分給他多餘的注意力。

直到現在，他忽然上前一步，在葉霖耳邊用低沉的聲音說：「少爺，時間到了。」

聲音雖小，在場的都不是普通人，每個人都聽見了他說的內容。

「嗯？」葉霖極其自然地看了手表一眼，「確實到時間了。各位，我想告訴大家一件重要的事，是關於我的能力。

「我的能力是一個絕對防禦的無形壁壘，發動需要兩個條件：一、告訴所有人能力的詳情；二、提一個問題，只有答對的人才能夠突破我的壁壘。」

聽到一半時，黎楚就笑了一下，取出手機，隨手丟到角落裡。他仍在ＶＩＰ包廂裡，沒有人注意到他的動作。

而臺上，葉霖轉過身，從葉芸身下的圓臺中抽出了一把衝鋒槍。

「那麼請問各位，我的名字，是什麼呢？」

下一刻，二十多道博伊德光暴漲！

戰鬥在瞬間爆發。

有人相信葉霖的話語，大喊他的名字；有人不相信，在博伊德光中聚起能力發動攻擊；也有人出於謹慎，直接向後暴退了十幾米的距離；更有人的能力已經造成了一聲音爆，下一刻也許就要將葉霖擊斃！

但是沒有人比葉霖身後的僕人更快。

他站在原地，只是一個抬頭，眼中散發出的博伊德光在滿場光芒中如同一閃而逝的流星，可是沒有人比他更可怕。

——他目光所到之處，就有人會死！

他首先看向了大喊出「葉霖」兩個字的人，那人喉間立刻爆出鮮血，還沒來得及感受痛苦，頭顱便高高飛起；他又看向了發動音爆的契約者，那人立刻身首分離，慘死當場。

接著他抬起手，手指指到的地方，就有人不聲不響地橫死，鮮血從大動脈中噴濺而出，噴上了觀眾席，那裡熟睡著的普通人依舊對這一切無知無覺。

血液接連噴發，簡直就像設定好的小型噴泉。

十秒之內，三十一人已經死了二十二人！

剩下的包括黎楚，就是十個契約者。

速度最快的血族化為一道黑影，如幽影一般團團圍繞葉霖，動作快如閃電，即便黎楚也不能完全看清。

然而徒勞無功。

葉霖的半徑一米之內，就如同神靈設下的禁地，沒有任何人的攻擊、哪怕是能力，能夠侵入其中。

一米之外，血族被看不見的牆阻擋在外，根本碰不到葉霖一根汗毛。

未知來源的能力凝結了空氣中的水分，霜雪和銳利的冰稜同樣被擋在外面，更有一團黑色物質瞬間包裹住這面無形壁壘，繼而是沖天的火光！

然而葉霖毫髮無損，一手倒提著衝鋒槍，一手抬起來，無聊地看了看表。

一切發生在須臾之間，死去的二十名契約者的精神內核剛剛釋放到半空之中，開始慢慢地消散，放射出死亡後的博伊德光。

製造冰稜的能力者隱藏在幕布之後，試探道：「葉霖！」

圍繞著葉霖的冰稜立刻突破了阻隔！

然後一息之間，冰稜便無力地落了地——那名能力者已經在僕人的凝視之下，橫死當場！他甚至根本沒有看見那個能力者，只是朝那個方向瞥了一眼，對方就在幕布之後血濺三尺。

又死一人。

葉霖好整以暇，踢開近在咫尺的冰稜，說道：「呵，可惜了。」

他關於自己能力的說明，竟然是真的。只有回答了問題的人，才能夠突破他的絕對壁壘。

可惜，突破壁壘的人還沒來得及殺死葉霖，自己就會死。

沒有人知道僕人的能力是什麼，更可怕的是他站在葉霖的保護圈中，沒有人能傷他。

這兩人如同最強的矛和盾，要殺僕人就要破葉霖的盾，要破葉霖的盾就會被僕人殺死；他們二人聯手，近乎天下無敵！

會場內又靜了下來。

剩餘的契約者各自為戰，隱蔽在自身的能力之下，沒有人再上前攻擊，或發出聲音。

葉霖身後那名不聲不響的僕人，其能力有如懸在所有人頭頂的達摩克利斯之劍，在明白二十三個死者究竟為何身亡之前，無人再敢進行試探。

異能界的戰鬥永遠如此無常，一個從未暴露過的特殊能力，往往具有比核彈更可怕的殺傷力，短短片刻工夫，就能收割走二十一個高高在上的契約者。

生命如同草芥一般渺小，死亡根本不值一提。

靈魂侵襲

6

盛世音樂會一片寂靜，葉霖手腕上的機械表悄然前進。

二十一枚異色的精神內核飄浮在半空，如同小型光源，每一枚的背後，都代表著一個契約者的死亡。

舞臺燈光下依然站著三個人，葉霖、葉芸，和一個僕人。

葉霖完好無損，穿著一塵不染的黑色正裝，推了推墨鏡，優雅地轉過身，再次向著黎楚所在的房間躬身道：「這位先生，看起來，我一個人就能收拾這裡，而您真的不打算出手，也不把他們的生死放在眼裡。」

他抬頭時，只有黎楚一人能看見他冰冷的眼神，和充滿殺意的視線。

葉霖不知道黎楚的身分，但他判斷，黎楚是所有生還者中最難解決的一個——就憑他來自SgrA。

他說這些話的意思，無非是挑撥離間，迫使其他被困在這裡的契約者認為，黎楚雖然境遇相同，但絕非可以合作的對象。

在沒有人敢說話的情況下，他們之間將永遠互相猜忌，不可能聯手。

黎楚坐在沙發上，眼前的玻璃還染著不知屬於誰的血跡，他放下手中的紅酒杯，心想：靠，欺負我不敢說話反駁你是吧？我還真……不敢說話。

現在的問題是，在不知道僕人能力的情況下，黎楚不敢貿然出聲或者暗示外面的契約者們聯手——萬一僕人的能力是發出任何聲音都通殺，那樂子就大了。

他所在的房間也正對著葉霖的槍口，即使想出去，也得掂量一下那把槍的威力。

黎楚的能力很強沒錯，但那只是在專業領域上，不代表他在戰鬥中也是無敵的；哪怕一把簡單的老式鎖都能把他困在房間裡出不去，物理攻擊當然也能輕易置他於死地。

他仰頭看去，見葉霖與其僕人身後有數張白紙飄在半空中。它們無聲無息，自發分割成白色紙條，飛舞著組成一行字跡：

他的能力與聲音有關！不要說話！在葉霖要求下說過話的人都已死亡！

有人出聲回應，構成「不」字的紙條，立刻在不知名的能力下被染成了鮮紅。

緊接著，這些紙條重新組合，構成了兩個偌大的漢字：

葉霖

回答葉霖的問題，才能夠突破他的壁壘，但沒有規定，一定要開口說出「葉霖」這兩個字！只要葉霖轉身看到這兩個字，同樣可以構成「回答了問題」的要素。

——這就是突破壁壘的方案！

看到那些白紙的同時，黎楚腦海中閃過一行資料：

鐘曉，男，三十一歲，中國特組第七隊成員，能力為「控制紙張」。分析能力四星半，異能強度三星，戰鬥水準三星半……

不必懷疑，特殊材料的紙張，其邊緣在高速過程中的銳利程度，足以媲美任何利刃。

然而，黎楚緩緩搖了搖頭，心道：在這麼短的時間裡，想出用紙張拼出答案這個方法，已經是他的極限了嗎？可惜……

可惜。

葉霖回過頭，鐘曉精心構建的紙面殺陣徒勞撞上了他的絕對壁壘，仍然無法突破這道最強之盾。

因為，葉霖戴著墨鏡。

從頭到尾，他根本沒有睜開眼睛！

白紙譁然散落一地，繼而在空中飛舞而去。顯然鐘曉也意識到了，葉霖根本沒有看到那拼湊出的「葉霖」二字。

出題者沒有看到答案，就不算回答！葉霖三人依然被保護在絕對防禦之中！

場面一時僵持，葉霖抬起表，「看」了一眼。

他腳下的地面忽然閃現出道道銳利白光，光芒赫然組成了「葉霖」二字！

哪怕閉著眼睛，這道光的亮度也足以透過墨鏡，透過眼皮的阻擋，在葉霖的視網膜上留下痕跡。

緊接著，是兩聲槍響。有人立刻向葉霖開了槍。

然而，葉霖依然毫髮無損。

他抬起頭，說道：「喔，抱歉，你們被誤導了？呵，其實，我根本看不見表，這副墨鏡也不是墨鏡，而是完全隔絕光線的眼罩。我對時間的觀念，來自——」

這時，他身後的僕人又湊過來，低聲說：「少爺，四點五十了。」

葉霖點頭，將手上一直提著的衝鋒槍端了起來。

他動了動肩膀，好似在活動筋骨，說：「抱歉，我趕時間。勞煩各位，死吧。」

「砰砰砰砰砰砰——」

衝鋒槍特有的連續槍聲響徹音樂會場，火光和火藥味立時刺激了所有人的警覺——即使葉霖只是惡作劇般地將第一輪子彈全數傾瀉在頭頂上。

舞臺燈發出劈里啪啦的爆裂聲，幾排燈光應聲暗了下來。

一道黑影迅速攀上觀眾席，直奔出口。

然而就在撞向出口的前一秒，他忽然停下腳步，在門口僅僅一觸，立刻以更快的速度折返回來。

特組的鐘曉立刻明白了，白紙飛舞道：門口布置了γ乙太介質群！我們出不去！

葉芸木然地站在臺上，彎腰取出一條新的子彈遞給葉霖。

葉霖重新填裝子彈，槍口漫無目的地轉了一圈，道：「不玩了。殺。」

僕人說道：「是，少爺。」他從舞臺上又抽出了兩把衝鋒槍，分別拿在兩手，瘋狂地向契約者所在的位置扣下扳機！

「砰砰砰砰砰——」

彈藥聲連綿不絕，契約者狼狽四逃。在臺上天衣無縫的聯手面前，他們空有能力在身，卻毫無還手之力。

葉霖轉過身，槍口直指黎楚的包廂，說道：「我改變主意了。你這麼久沒有出聲，其實是因為根本沒有戰鬥力……我說的對嗎？SgrA的貴客。

「無論我威逼還是利誘，你都不肯出面，這代表你不是SgrA的戰鬥系契約者，或者，你根本不是SgrA的人！那麼很好，我不用多費心思處理你這個攪局的變數了，直接死吧，弱者！」

就在此時。

包廂裡，傳出了黎楚的聲音。

「我也改變主意了。你們兩邊都蠢得令我心碎！鐘曉，你還看不出來葉芸根本不是契約者——」

他說到一半，鐘曉已然心中一動。

葉霖猛然喝道：「殺了他！」

——你竟然還敢在我面前說話！還看不出來他的能力是毀滅聲源嗎！那就

死吧！

身後，他的僕人看向了黎楚的位置，博伊德光瞬間閃爍！

7

下午四時四十五分，陽光的溫度漸漸冷卻下來，咖啡廳裡溫暖依舊。

沈修和黑主教一起喝了接近四小時的下午茶，看起來他們還需要一點時間完成剩餘的談話。

黑主教身後的助理忽然聽見了手機鈴聲，快走兩步出去接電話。

藉著這個時間，黑主教道：「陛下，上個月，關於馬越拉那個基地……」

「伊卡洛斯？」

黑主教頷首道：「不錯。我有個消息，受人委託，必須傳達給您。」

「說。」沈修道。

「想必陛下已經知曉，伊卡洛斯的事情是GIGANTIC下的手。有人讓我轉告您，當日出手的人除了『鬼行人』凱林外，還有『沉睡者』和『紅皇后』米蘭達。他們毀了伊卡洛斯基地，是為了一個叫做『黎楚』的非戰鬥系契約者。」

沈修危險地半瞇起眼，指尖微微一動，似乎在思考這個消息的準確性。片刻後，他說道：「我知道了。」

這時，助理接完電話，小步走到黑主教身後，俯身輕聲道：「主教閣下，剛才得到消息，我們有一名執事被殺了。」

黑主教看了沈修一眼，見他並無不悅，才回頭道：「在哪裡，是誰所殺？」

助理道：「唯鴻集團的音樂會場，內部環境被γ乙太介質群封閉，我們的『眼』看不到裡面。」

沈修身後，薩拉皺了皺眉，感覺「唯鴻集團」似乎在哪裡聽過……

正在思考間，她驚見沈修豁然站起身，連外套都來不及穿上，直接邁步走向門外。

「頭兒？」自從加入 SgrA 以來，從未見過沈修如此急迫，薩拉跟在後面，拿起黑色遮陽傘，驚疑不定地呼喚道。

沈修根本不回頭看她，快步走到門外，竟連遮掩一下都不願，博伊德光瞬間一閃，整個人消失在了薩拉眼前。

薩拉手上仍拿著傘，只覺眼前景物一陣扭曲，便失去了沈修的蹤影，心中越發震驚。

王已經有半年沒動用過這項能力了……是什麼可怕的事情，竟能迫使他如此急切，連車也不願等、傘也不願打，直接動用能力親自趕赴?!

下午四時五十一分。

盛世音樂會場內，一片死寂。

葉霖道：「SgrA的人已經為我所殺，你們全無希望。出來領死吧，也省得我一個個找下去。」

遠處的觀眾席上，突兀響起了玻璃碎裂聲。

葉霖調轉槍頭，臉上猶掛著溫文爾雅的假笑。

衝鋒槍迸發出火光。

包廂，角落處被提前丟出去的手機，已成一團焦炭。

黎楚猜對了，僕人的能力只是毀掉物理意義上的聲源。通過手機說話，他就無法秒殺自己。

他縮在沙發上，歪著頭心想：我失蹤多久，沈修會找來？剩下八個契約者，能拖多久呢……如果他們死光了，葉霖必然清場……不，他不會用槍這種沒效率的東西，也許過一會兒——不對，不是過一會兒，他現在其實在拖時間！這是他的主場，他絕對還有後手。

簡直被逼到絕境。一個上千人的音樂會居然還會出問題，這機率未免太低，怎麼剛好就讓我碰上，回頭沈修得怎麼捏我這個把柄……

黎楚無奈地嘆了口氣，慢慢伸了個懶腰，活動筋骨。

——接下來，就是體力活了。

會場已成競技場，八名契約者猶作困獸之鬥。只有想出破解葉霖護盾的辦法，今天才可能活著走出這裡。

槍聲連綿不絕，掃射之處都是一片瘡痍，不斷有沉睡中的普通人受到無辜牽連而喪命；即便喪命，他們也沒能清醒過來。

觀眾席一角，一支滾落在地的手機忽然亮起螢幕，繼而自動打開揚聲器，發出了屬於黎楚的聲音。

「還看不出來嗎？葉霖這場音樂會來了上千人，麻痺了你們的危機意識，但同樣也斷了他自己的退路——只為吞噬精神內核而殺死各大勢力的使者，無異於自絕於世。他敢冒這種大不韙……」

舞臺上，葉霖轉過衝鋒槍，一陣火光迸發之後，手機中彈碎裂。

頃刻間，又一支手機發出了聲音：

「他敢冒這種大不韙，無非是找到了代罪羔羊——那就是葉芸。他既搬出了葉芸，又將她作餌，殺光你們後，葉芸無路可退、無處可去，唯有深深藏匿……」

葉霖扣動扳機，一排無辜觀眾被流彈擊中。然而葉霖寧可錯殺絕不放過，密集的彈雨掃射出去，將第二支手機徹底擊碎。

不過，右側整片觀眾區的所有手機都亮起了光，光芒有如星火一般渺小而密集，每一道都在發出黎楚的話語：

「這就是葉霖的目的。因為葉芸不是契約者，她是葉霖的——共生者。」

葉霖的僕人冷眼掃視過去，上百支手機因為發出聲音而符合了他能力發動的條件，齊齊破碎。

然而黎楚終究還是將這一段話說完了。

葉霖又將一梭子彈打完了，面對無處不在的上千支手機，他漠然放任黎楚說完話，隨後為槍重新填補彈藥，說道：「是又如何？你知道了這件事，難道就能殺了葉芸？」

他轉過身，將槍口對準黎楚所在的包廂，冷冷道：「你是不是忘了，我親愛的姐姐、我親愛的共生者，此刻也站在我的保護圈裡。」

槍響。

這次是兩把槍，接連不斷的響聲幾乎麻痺了所有人的聽覺。

一號ＶＩＰ包廂鴉雀無聲，單面玻璃千瘡百孔，終於碎裂，露出其中三具屍體，和一應破敗的擺設。

沒有黎楚。

一切接二連三地打亂了葉霖預先的設想，但屬於契約者的理智頭腦使得他思緒急速運轉：對手的能力究竟是什麼，他除了操縱手機發聲之外，還能做到什麼？他說的話是在提醒其餘契約者，還是在拖延時間？他此刻不在房中能在哪裡，通過何種方式出去的？

——就是拖延時間。

黎楚躲在沙發後，額上的汗珠順著臉頰滑下，落在屬於沈修的風衣衣領上。他極力控制呼吸，沒有發出任何一點聲音，左手手臂滲出一點血跡，被草草用衣袖束緊。他不能留下血跡。

他眼中放出博伊德光，知道此刻自己不可能去看場中情況，便完全依靠著場上剩餘的幾臺攝影機中的資料流程來獲取情況。他不能移動攝影機，葉霖的聽覺經過訓練後極為靈敏，很可能瞧出破綻來。

他根本沒有出去房間，能躲過子彈完全是依靠極限狀態下的神經反應速度。

在零點一八七秒這樣的閾值速度下，人依然不可能躲過子彈，但是可以通過觀察葉霖手部肌肉的動作來完成預判！精確計算槍身、槍口等方向，就能在葉霖按下扳機之前預判下波攻擊的危險區域——這才叫走位躲子彈！

此時此刻，黎楚必須賭，賭葉霖不會冒險過來觀察情況，只因他一旦移動就會遭遇太多變數。

葉霖選擇在燈光充足、場地中心的舞臺上張開保護圈，為的就是從一開始就不移動。否則這麼多契約者和他們神祕未知的能力，隨時有可能在地上安放陷阱，一旦中招，他勢單力薄，毫無疑問將被瞬間殺死。他賭不起！

黎楚不會走出房間，葉霖也不會走下舞臺；葉霖無法確認黎楚的位置，黎楚卻準確地知道他會在哪裡。

這是一場僵局。

黎楚看向打破沉寂的唯一突破口，亦是他拖延了這麼久時間的唯一目的——

葉霖腳邊，那些冰棱因為控制它的契約者已死，漸漸融化。

冰水在舞臺蔓延。

8

葉霖站在舞臺中心，手中持槍，囂張地掃射了一圈。

將ＶＩＰ包廂的玻璃全部打碎後，一切一覽無遺，這座環形會場，從一開始就是為他量身打造的。

然而其餘人不知所蹤。

這是預想過的事，葉霖本就不指望將契約者一網打盡，黎楚在等，他也在等，等著那些珍貴的神經性毒氣慢慢充斥整個會場，然後到達他需要的濃度。

二十多枚精神內核仍在輻射能量，這使他神清氣爽，一切都只是為了這麼簡單的目的而已——變得更強。

殺人，準備場地，邀請，計算誘餌，和完美無缺的能力互補所形成的「無敵」狀態——只是為了變強的可能性而已。

葉霖丟下槍，他甚至懶洋洋轉過身，走了兩步，挑起葉芸的下巴說道：「無趣。姐姐，唱吧，就繼續唱我喜歡的那首。」

葉芸仍坐在臺上，只是放下手端坐著，靜謐得好像個娃娃。此刻她得到命令，便張開嘴，唱起了那首未完的歌。

das Vergissmeinnicht, das du mir gegeben hast,（你所給我的那朵勿忘我）

ist hier（就在這兒）

erinnerst du dich noch?（你還記得嗎）

erinnerst du dich noch an dein Wort, das du mir gegeben hast?（你還記得當初對

我說的話嗎）

erinnerst du dich noch?（你還記得嗎）

erinnerst du dich noch an den Tag Andem du mir...?（你還記得那一天的你嗎）

黎楚聽著歌，半闔上雙眼，強大的博伊德光從他眉心間放射出來。

一瞬間，舞臺燈光齊齊暗淡，強悍至極的電流在管路炸出電光，中央舞臺爆發出紫色光芒！

電流猶如雷蛇一般掙脫束縛，在地上的冰水中極速流竄，通過葉霖的雙腿，擊穿了整個人體。

一百一十伏特、八十毫安培的強大電流，已經超過了人體的承受能力，電流在血肉中跳躍前行，葉霖心臟緊縮，驟然停止了跳動。

葉芸眨動眼睛，尚未看到自己的契約者渾身抽搐，身體已經感受到可怕的痛苦——電流流經葉霖全身後，被電擊的痛苦通過伴生關係傳到了葉芸身上，她幾乎在瞬間痛得渾身抽搐，癱倒在地。

葉霖與他的僕人倒在水泊中，感受不到痛楚，但強烈的電流也麻痺了人體細胞，剝奪了他們的行動能力，幾次想要離開電源，卻完全無法挪動身軀。

黎楚仍躲在包廂中，持續高強度地使用能力。透支了剩餘的體力，他正微微發顫，一邊心中嘲諷「呵呵你居然自己走進水泊裡」，一邊通過攝影機觀察葉霖的心跳。

只有確定了葉霖的死亡，他才會走出包廂。

直至此刻，黎楚的心跳終於逐漸平穩下來，他知道自己猜對了：已經進入葉霖保護圈的東西，不會再受到絕對防禦限制。通過控制防禦圈外的電路，其中的電流可以順著冰水導入保護圈的內部。

葉霖腳下那支失去攻擊力的冰稜，最終化成水，滲透進底下舞臺燈的電路，成為了黎楚絕境翻盤的重要道具。

一切靜寂如初，電流火花時不時閃現。

正當所有人屏息靜待葉霖的死亡時，一個出乎意料的變故再次發生——

洋娃娃般被擺放在圓臺上的葉芸動了！

她起身撿起了一柄槍，接著面無表情，將黝黑的槍口徑直指向黎楚的所在方位！

黎楚蜷縮在沙發後，體力接近透支，從攝影機傳回的資料準確計算出，葉芸此刻正舉槍指向自己的藏身之處。

葉芸渾身巨顫，仍處於極大的痛苦之中，但她意志力之強悍、之堅韌，竟然仍能支撐她托起衝鋒槍。縱然冷汗已經濕透羽衣，槍口卻能安穩如常。

她冷冷道：「出來，停下能力，不然我殺了你！」

契約者們冷眼觀戰。葉霖失去戰鬥力，黎楚狼狽躲藏卻被發現，葉芸身為共生者，竟成為了至關重要的角色！

黎楚判斷葉霖的能力仍在，葉芸在他的保護圈中接近無敵，唯一的破綻已經暴露，葉芸不可能再大意被自己制住。

葉芸冷靜地在黎楚藏身的沙發上開出數槍，無數彈片將沙發打成篩子。黎楚無奈從中現身，看向葉芸——

葉芸身遭劇痛，湛藍雙眼卻如同亙古不化的寒冰，她一邊舉槍對著黎楚，一邊蹲下身，通過自己長長的羽衣，吸取葉霖身下薄薄一層積水。

一旦葉霖恢復過來，憑藉他的絕對防禦能力，黎楚的優勢將蕩然無存。

一切變故不過在幾十秒間。

葉芸，葉霖的共生者，戲子和棋子，誘餌和羔羊。

卻同時身具天籟般的歌喉、堅韌不拔的意志力、出色的槍技，以及可怕的戰鬥意識。

誰都沒有料到這一點，黎楚亦然。

黎楚慢慢走出來，他的大腦急速運轉，幾乎立刻作出判斷：葉芸已成關鍵！

黎楚暫停電流，任憑葉霖慢慢停止抽搐，逐漸恢復身體機能。

葉芸仍可以開槍。電流不能瞬間殺死葉霖，葉芸的槍卻隨時有可能殺死黎楚。

黎楚問道：「妳怎麼知道我在包廂裡？」

他依然牢記葉霖身後那名僕人，他雖然倒下，卻並未失去意識；只要僕人使用能力，說話的人的性命就捏在他手裡。

所以黎楚依然控制著不遠處的手機，發出了他的疑問。

葉芸站起身，身上的肌肉仍在抽搐。為保證手中槍的穩定性，她的雙手牢牢握住槍身，說道：「因為光，我看到了博伊德光。」

黎楚瞇起眼，原來調動電流那一瞬間的光，竟讓葉芸盡收眼底。他繼續問道：「葉芸，妳為什麼選擇幫助葉霖？」

葉芸臉上竟然浮現一層嘲弄的冷笑。

黎楚道：「妳是他的姐姐，他踐踏妳的尊嚴，禁錮妳的自由，將妳作為卑賤下作的工具，妳難道不恨？妳名正言順，是唯鴻集團的第一繼承人，卻必須受妳弟弟使喚，承受他本應自己承受的百般痛苦，妳怎麼可能不恨——妳怎麼可能還要幫他？」

葉芸蔑視地看著黎楚，她開口說的話，令所有人始料未及。

她說：「你們太可憐了。契約者，你們太可憐了！

「你們不知道愛的存在，不知道被人擔心、被人關注的幸福，更不知道血脈相連的感覺，不知道只要輕輕一個碰觸就能體會到的柔情，不知道只要想起一個人就會有的溫暖。那種溫暖是哪怕赤身站在北極冰雪中，也能從每一寸骨血裡感受到的東西！

「那是人之所以為人，家之所以為家！

「葉霖可以罔顧我的尊嚴，可以搶奪我的財產，可以輕忽我的生命，但我不能！因為我的愛與生俱來，我生來就知道他是我的弟弟，我們的血流在一起，我們的生命連在一起——哪怕世界毀滅，萬物消散，在我死前的最後一秒，靈魂崩滅前的最後一刻，我也不可能眼睜睜看著我的弟弟在我眼前死去！」

9

葉霖倒在地上，喉間發出一聲呻吟。他慢慢蠕動身體，努力恢復知覺。

在他冰封的、屬於契約者的心中，不斷縈繞著一個想法：必須盡快殺死這個來自SgrA的無名契約者！如果不是葉芸這個婊子居然會幫我，現在我已經死無葬身之地……這個女人居然隱藏得如此之深，連我也被她騙了！解決這裡後，一定要終生控制起來——這樣的變數，絕不能再來一次！

黎楚與葉芸隔著數十米對視。葉芸的神色充滿警惕，而黎楚的眼中帶著興味。

黎楚道：「我輸了，我沒有意料到，妳會是這個僵局裡最重要的變數。」

葉芸冷冷道：「不，你贏了。你是這裡三十二名契約者裡最後的贏家，你甚至比葉霖還聰明，但是你忘記了我。你們沒有人在意過我這個共生者在想什麼，或者能做什麼。」

「不。」黎楚說，「我從來不輕視任何人，共生者當然也能作為戰鬥力。我唯一沒算到的事情，是妳在殘酷的折辱、調教下，居然還保有強悍的個人意志，甚至選擇幫助葉霖。」

葉芸的槍仍對著黎楚，她視線下移，看了地上的葉霖一眼。

她不明白為什麼直到此刻黎楚還在拖延時間，但是這也正中她的下懷。只要葉霖離開有水的區域，屆時他們不再受到黎楚的電流鉗制，那麼只要一支槍，就能解決黎楚這個天大的變數。

她之所以不在此刻開槍，只不過是她沒有百分之百的把握立時擊斃黎楚，既然黎楚不再對葉霖下手，那麼放任他多活一會兒也無所謂。

所以葉芸作出了與黎楚一樣的選擇——繼續這場對話。

「原諒我依然不理解妳對葉霖的感情，葉芸小姐。」黎楚說，「妳的冷靜足以超越這世上大多數普通人，在契約者中間也毫不遜色。

「葉霖奪走了屬於妳的地位、權力和人身自由，而現在他陷入絕境，妳只需要繼續旁觀幾十秒的時間，就可以毫不費力地將一切取回來，而且全無後顧之憂。葉霖死後，妳更是恢復了普通人的身分，不再是共生者——我也願意以SgrA 成員的名義幫助妳，妳覺得如何？」

葉芸漠然道：「事到如今，你還想要策反我？不妨告訴你，我不但選擇幫助葉霖，更是心甘情願作為他的共生者。他的疼痛由我代之承受，他的悲喜也由我代之感悟，這一切我甘之如飴，絕不會後悔。」

她對葉霖的愛意簡直排山倒海，令黎楚匪夷所思，也不由得不動容。

黎楚道：「妳是他的姐姐，不是他的附庸。妳的人生難道只為了弟弟而活？被他這樣對待，妳不會痛嗎，妳不會委屈難過嗎，妳不會恨嗎？」

「是又如何？」葉芸一字一句地說道，「我不是契約者，當然會痛，當然會恨！我恨這個世界不公平，恨我的一生飽受磨難，我恨這老天恨得夜夜煎熬，鮮血淋漓。可我做不到任何事……」

「那麼葉霖呢？」黎楚忽然道，「妳這麼恨，為什麼不恨葉霖？他才是這一切的根源不是嗎？」

葉芸低低道：「你懂什麼？你懂什麼！」

黎楚道：「我為什麼不懂？身為共生者，就一定要作契約者的附庸？一生喜怒哀樂和痛苦，都要由契約者賜予嗎——」

葉芸驟然打斷道：「你懂什麼！契約者都是活在深淵邊緣的人！我弟弟葉霖才是最應該恨，最應該痛的人！他失去了那麼多東西，可他連如何去恨的能力都沒有了！契約者——契約者是站在懸崖邊的人啊！如果我身為他的姐姐，不能拉住他，如果我撒了手，如果我有一分半秒的時間忘記去愛他，他就要跌進深淵裡去了啊！」

她的情緒如此激烈，以至於淚水從蔚藍的眼中簌簌滾落，以至於令黎楚驟然失語。

——契約者……是活在……深淵邊緣的人？

——可身為契約者的人，自己根本不知道這一點啊……妳對葉霖的愛和憂慮，他能感受到嗎？

此時此刻。

葉霖從電擊的後遺症中恢復了知覺，他勉力站起身，將自己挪動到遠離電源的安全位置，啞聲說道：「殺了他！葉芸，我命令妳立刻殺了他！」

葉芸毫不猶豫，扣動扳機。

這一瞬間，衝鋒槍內高壓空氣蓄勢將十二釐米子彈推出槍口，黎楚的眼中剛剛湛出竭盡全力的博伊德光。

時間的流逝彷彿凝固。

但這一剎那很快就過去，黎楚眼前一片空白，茫然脫力地喘息。

葉霖充滿殺意的眼神、葉芸緊緊扣住扳機的手，和近在咫尺的子彈。

下一刻，黎楚眼前的一切都扭曲了。

一隻手從扭曲的光線中伸了出來，輕輕一揮，所有子彈被彈射出去，濺起片片彈坑。

他慢慢眨了下眼，看見北極光一般縹緲的光線層層褪去，沈修挺拔的背脊擋在自己眼前。

黎楚嘆了口氣。沈修的手機裡發出了他的聲音：「你來啦……我差點就要拚命了。」

沈修回過頭，看他一眼，銀白色的髮絲竟然頗有些凌亂。

他冷冷道：「回去再收拾你。」

黎楚認命地笑了笑，向前一歪，將額頭靠在沈修背上，含糊道：「讓我歇會兒。」

沈修轉過身，乾脆俐落地將他打橫抱起。

「……喂。」黎楚為這個姿勢小聲抗議，但不被理會，只得把頭往裡撇，假裝沒人能看見。

葉霖以忌憚的眼神看著兩人，問道：「我明明布置了濃度三點六以上的γ介質群，你是從哪裡闖進來的！」

他在身後做著手勢：外來者發出聲音了，立刻發動能力，幹掉他！

然而他身後的僕人實際上始終在發動能力，博伊德光已經達到他的最高閾值，額上冷汗涔涔，卻完全不能毀滅剛剛發出了聲音的沈修。

沈修冷漠道：「連領域優先都沒碰到邊，誰給了你膽子，動SgrA的人？」

葉霖咬牙抬起手中的槍，數十種預先想好的迎敵方案在心中一一閃過，然而最終留下的只有深入骨髓的無力。

——領域優先！

一切能力都擁有優先級別的差異，當兩個矛盾的能力相撞時，優先級別決定了究竟誰的能力會發生效用，誰的能力會完全無用。

優先級別從低到高分別是：優先級、權威級、領域優先級、領域權威級、王權級。

他們的「矛」和「盾」組合，只有權威級別而已，但已足夠虐殺這裡大多數契約者！即使他們的能力恰恰可以抵抗僕人的能力，只要沒有達到權威級，就毫無作用！

而眼前這個人……已經達到領域的高度了嗎？他究竟是什麼來頭？又是使

用什麼能力抵消了僕人的能力？

不，不管是什麼來頭，「絕對壁壘」的能力只要和他沒有發生矛盾，就還能起到作用。一定、一定要在他破開壁壘之前，殺死他們！

可是如果眼前人能夠自由說話，就一定能回答他的問題，「絕對壁壘」只要被正確回答了問題，就對他形同虛設……

葉霖掀了一下唇角，拔出腰間最後的準備——一把尖銳的小刀。

他說道：「那麼，我也要問你一個問題，我的名字——是——什——麼！」

話音剛落，白光一閃。

刀刃入耳，他毀掉了自己的耳膜！

10

黎楚用沈修的手機說道：「他叫葉霖。旁邊是他姐姐，也是他的共生者。」

沈修嗯了一聲。

他看向葉霖。

葉霖雙耳流出道道血跡，他身後的共生者葉芸已經痛得呼吸困難、滿身冷汗。

葉霖毀了聽覺，又完全蓋住了自己的視覺，剩下還有什麼辦法可以打破他的「絕對壁壘」？

如果他願意一早毀掉自己的聽力，那些契約者根本沒有反抗機會；可他留著聽覺，又何嘗不是為了引誘他們說話，讓身後的僕人殺了發出聲音的人！

現在沈修斷絕了這個希望，他便毫不猶豫地戳破了自己的耳膜！

黎楚不必回頭也知道發生了什麼，他用手機發聲，懶懶道：「現在說出或者寫出答案，他都看不見，也聽不見了？」

沈修：「嗯。」

黎楚：「他所拒絕的物質和能力，都不能進入他的防禦圈。你這下不能直接捏死他了。」

沈修：「我知道。」

黎楚：「你來了，我有十七種辦法殺掉他，你想聽嗎？」

沈修：「不必。」

話音落下，沈修冰藍色眼中閃現一抹博伊德光。

會場中心，舞臺上方燈光線路縱橫交錯，此時忽然發出了喀喀響聲，天花板猛地顯出可怕裂紋，在短短幾秒內蔓延壯大，搖搖欲墜。

葉霖無知無覺，命令身後兩人繼續攻擊沈修和黎楚。哪怕知道頭頂異狀，他也不會挪動一步，因為此時此刻他還站在「無敵」的狀態下。

沈修抱著黎楚，站在原地，所有子彈都偏離了原先的軌道。

天花板上各種設備接連落下，繼而牆面碎裂，水泥大塊大塊地脫落，俱砸在葉霖的防禦圈上，被無形之力阻隔到了旁邊。

葉芸將子彈打空，眼看攻擊全部徒勞無功，咬牙丟了衝鋒槍，抬頭看了一眼，道：「走！他想掩埋我們！」

身後的僕人亦抬頭看去，當機立斷地扛起葉霖，猛然向外狂奔——他跑向觀眾席，冀望沈修不會牽連無辜人類。

葉霖在移動中喊道：「葉芸！」

他當然不是關心自己的姐姐，純粹是防止他的共生者被留在危險之中。

葉芸扯掉了自己雪白的長裙下襬，踢掉高跟鞋，不顧一切地跟了上去，但因為這一停頓，還是險些被落在保護圈外。

黎楚：「能抓住？」

沈修：「嗯。」

一陣毫無緣由的狂風忽然在會場中呼嘯，沒有根源，也沒有去路，但它就是憑空地誕生了，並且力度驚人，筆直撲向葉芸。

葉芸甚至來不及發出驚呼，背上長長翎毛被風吹動，帶動她身形一歪，立刻摔在地上。

前方，葉霖的僕人停下腳步試圖拉她，然而水泥塊不斷砸下，落在葉霖的保護圈上，繼而向下滑落，直直砸向葉芸暴露在外的右腿。

千鈞一髮之際，葉芸感到被一股無形的巨大力量扯住腳踝，瞬間被向外拋去！

轟隆響聲接連不斷，會場中心幾乎全部坍塌，然而其餘地方彷彿始終被巨力支撐著，紋絲不動。

葉芸被拋飛了十米之遠，倒地時巨大的衝擊力使她連翻了幾圈，渾身都擦出了細小的傷口。

她抬起頭，心中森寒一片——此時此刻，她已經被拋在了葉霖的保護圈之外。

葉霖感知到了自己的共生者即將落入敵人掌中，因為伴生關係，他渾身上下出現了同樣的傷口，當他開口想喊的時候，卻發現一切為時太晚。

沈修淡漠的視線落在葉芸身上。

葉芸被凌空拋起，狠狠砸在天花板上，來不及喘息又被砸落，如同不由自主的雪白花瓣一般在空中拋飛，不斷從嘴角噴出鮮血。

葉霖如遭重擊，受到同等創傷。他看不見，也聽不見，如站在漆黑深夜裡，只能感受無邊黑暗鋪面壓來，無形惡魔不知何時會奪取自己的生命。

「深淵……」葉霖唯一能感知到的，就是自己的共生者不斷挪移著的位置，「姐……葉芸！」

沈修漠然看著這一切，眼底淡淡的博伊德光持續著：「是她傷了你？」

黎楚道：「不。是葉霖開的槍，她沒有傷到我。」

沈修道：「那就罪不至死。」

葉芸在半空中最後一次砸在牆面上，狠狠摔落在地後，吐出殷紅的血跡，喉中猛然發出了一聲不似人類的淒厲哀吼：「不要看我！」

葉霖就在不遠處，狼狽抹去嘴角的血跡，低低道：「晚了。」

晚了。

剛才，沈修直接以葉芸作為棋子，在半空中畫下了「葉霖」的字樣。

葉霖太過關心自己共生者的情況，不斷在心裡感知她的位置，在不知不覺中，便「看」到了答案。等他醒悟過來，已經太晚了！

沈修用這個方式回答了他的問題，絕對防禦，已經破了。

葉霖胸口一痛，整個人被無形的手按在了牆面上。

墨鏡終於落地，露出一雙布滿血絲的雙眼。

他捂著腹部，感到可怕的衝擊力不斷摧毀著自己脆弱的腹部器官，他還想反抗，然而七竅之中都慢慢流出血來，喉中發出「咯咯」的可怕聲音。

「葉……霖……」葉芸狼狽地在地上爬行，拾起掉落在地的槍，憤恨地對著沈修和黎楚，「放了他！放了他！」

黎楚道：「那個僕人呢？」

不等沈修說話，那個僕人便跪倒在地，說道：「我的共生者在他們手上！」

說完，抬起雙手，眼睛直對著兩人，以示自己絕對沒有反抗的心思。

黎楚略過他，看向葉芸：「直到現在妳還這麼拚命嗎？葉霖死後，妳就自由了。」

葉芸咳出一點鮮血，重重喘息著，眼神裡帶著屬於狼的凶惡。

黎楚無奈道：「我真的不理解。」

沈修眼中博伊德光忽然散去，說道：「你看著。」

沈修撤去壓制後，葉霖長長吸了一口氣，渾身脫力癱倒在地，嘶聲道：「姐姐，妳過來……」

葉芸眼底都是淚水，她一手握著槍，同時在地上匍匐挪動，艱難地爬到葉霖身邊。

她按住葉霖的傷口，明明自己痛得滿頭冷汗，卻安慰著葉霖：「別怕……別怕，姐姐會救你！我會救你的！」

葉霖手臂巨顫，牢牢抓著那把小刀，艱難地反手橫在葉芸的脖子上。

他斷續道：「你們……放我……離開！不然……我殺了她！」

這一下變故，黎楚真的始料未及。

葉霖瘋了？殺了葉芸，身為契約者的他同樣要死，只不過是拖著葉芸，多死一個罷了，他怎麼會認為這樣可笑的威脅有用？

看著葉霖發顫的手，黎楚不禁反問道：「你還有力氣割斷她的脖子？」

葉芸冷冷道：「他沒有，我還有！」

她緊緊握住葉霖染血的手掌，將刀刃抵在自己脖子上。

黎楚這下真的不知道說什麼好了，抬頭看向沈修。

沈修無動於衷道：「無論我放不放，他已經離死不遠。」

姐弟二人手握在一起，葉芸感到弟弟的體溫越來越低，死亡的恐懼傳達到了她的心裡，可怕的寒冷一同侵襲著他們。

葉霖眼前一片黑暗，不知道自己還有多久可活，茫然間竟然回想起一些瑣碎無聊的小事，回想起無論他做了什麼過分的事，葉芸總是會說「不疼，沒關係，不疼的」；回想起葉芸痛到極點時，總是選擇唱歌來緩解，還有她那一句「我會在懸崖邊，拉住你」……

葉霖喃喃道：「……拉住我……不要讓我……掉進去……」

──不要讓我掉進死亡裡，不要讓我掉進深淵裡去。

葉芸哽咽著道：「ich warte lange Zeit auf deine Rückkehr……」

──我一直在這，守候你歸來。

一滴屬於葉芸的淚水，落進了葉霖的眼眶裡。

11

一滴屬於葉芸的淚水，落進了葉霖的眼眶裡。

葉霖輕輕地抽氣，呼吸裡都是腥甜的血味。

那一滴淚，有如屬於神祇的手，抽走了姐弟二人的伴生通道。

二十多年來，葉霖從未感受過的情感，潮水一般地慢慢將他包圍。

屬於葉霖的感情，忽然回到了他的身上。

他停止了瀕死前的掙扎，躺倒在孿生姐姐懷裡，屬於他的淚水挾著姐姐的眼淚，順著臉頰流淌下來。

葉霖啞聲說道：「姐……姐，我……對不起妳。我死後……一切都……歸妳所有，妳要……好好地……好好地……」

葉芸茫然看著他，如遭雷擊。

血和淚，都使得葉霖的話語帶著哽咽。

「是我……錯。都是我錯！是我……狼心狗肺！是我……罪無可赦，我為什麼……為什麼殺了那麼多人……姐、姐！我怎麼會……怎麼會殺了那麼多人……那麼多的，命啊！我怎麼……能那樣對待妳……我明明……我明明好喜歡……」

我明明好喜歡姐姐，因為有一個姐姐，而那麼自豪，那麼快樂。

葉芸低頭看著他的臉，靜靜聽了很久很久，忽然間動了。

她凌亂地在旁邊摸索，終於摸到了一塊水泥。

她忽然笑了。

「你知道嗎，葉霖！我從來沒這麼輕鬆過，原來我不愛你！原來……哈哈哈哈哈，原來我不愛你，那種愛根本不是我自己的感覺，我那麼恨你！我居然——這麼——恨你！」

葉芸舉起石塊，狠狠向著葉霖痛哭流涕的臉上砸去。

「你去死！你去死！你去死你去死你去死——你這個魔鬼！你這個喪心病狂的魔鬼！」

一下！兩下！

葉芸瘋狂地舉起石塊，竭盡全力地按住葉霖的脖子，然後向著他砸落！

「你為什麼不死！你去死吧！我恨你！我恨你我恨你——」

每喊一聲，她就瘋狂地砸一次。

她將葉霖的頭部打得血肉模糊，還在拚命怒吼。

「就因為我是共生者，就將我犧牲嗎！你是魔鬼！你下地獄吧，去深淵裡吧！你最好永世不得超生，受到最殘酷的刑罰！我恨你我恨你——恨不得扒光你的皮，看看你的心！你怎麼有資格拉我的手！你——滾回你的深淵裡去！」

葉芸喘著氣，雙目赤紅嗜血，有如惡鬼。

短短幾秒，葉霖被她生生打碎了顱骨，面目全非，場面如同煉獄。

葉芸慢慢地垂落手臂，被鮮血染紅的石塊滾落在旁。

契約者死後，她很快失去了記憶，從共生者變回普通人。

雪白的天使羽翼浸潤在血水裡，她茫然跌坐在孿生弟弟的屍體旁，白玉般的臉上濺滿了血跡。

黎楚嘆了口氣：「所以呢？葉霖太愛她了，可是契約者的感情都轉移在共生者身上，就變成了葉芸一邊恨他，又一邊愛他，然後一次次為他付出……」

沈修抱著他，向場外走去，說道：「無非是愛更甚於恨。」

黎楚說：「葉霖不算聰明，能力倒是有些占便宜，可惜還沒有發展出潛力就走進了死胡同……反而葉芸出乎我意料。這麼優秀的繼承人，唯鴻集團竟然放任葉霖這樣對她。」

沈修道：「共生者，本身就已經是大錯。」

黎楚沉默片刻，說道：「你呢？你準備把我是……的事情一直瞞下去？」

沈修不答。

黎楚知道，他不想回答的問題，怎麼問他都不會開口。

話說回來。

黎楚扒著沈修的肩膀，小聲道：「喂，真的不考慮換個姿勢？」

一米七八的大男人被打橫抱著，能看嗎？

沈修打量他一眼，道：「你有體力自己走？」

黎楚不說話了。

沈修的視線掃視無知無覺的觀眾區，略一皺眉，大概是在想如何善後，然後他又看向了一個奇怪的角落。

說奇怪也未必，只不過是一個空曠的夾角，黎楚本不會注意到這個地方，但沈修居然看了一眼，他就不免好奇起來。

仔細看去，果見那個角落裡伸出一條奇怪的繩子，好像是長在牆壁裡似的。

正在黎楚觀察時，繩子忽然動了，繩子末端的牆面開了一個大洞，洞裡冒出了一隻手——

一個人從繩子上爬了下來。

黎楚：「……」

這條繩子接下來玩了一把大變活人，接連爬下來六個契約者。

他們下來後無一例外，抬起手在胸前交叉，低頭向沈修行禮。沈修掃了一眼，懶得回應。

人。

倒是黎楚看得津津有味。

異能界果然包羅萬象，各種能力層出不窮。他記得這個會場中原本還有八人。

除了這六人躲在繩子末尾的怪異空間中，還有兩人竟能穿透γ乙太介質的牆體，直接消失無蹤。

先前說過，契約者體內有乙太，這種乙太是β乙太，又稱「人體乙太」，用以排斥其他契約者的能力進入身體；γ乙太則是絕緣乙太，排斥任何的非γ乙太。

體內含有β乙太的人，即是契約者和共生者，絕不能冒險通過γ乙太介質，那會燒熔他們體內的β介質，造成不可挽回的身體傷害。

也不知另兩人究竟是如何逃了出去……還真是不可小覷天下英雄。

沈修走到門口時，黎楚忽然注意到什麼。

這座會場內部塗抹了螢光塗料，而沒有塗料的地方則構造極為特殊，每隔不遠就會有一段中空牆體，從其中發出的聲波可以輕易形成共振，達到最大音量。這是大多數音樂廳的構造，只不過這裡更為特殊一些。

當黎楚看到這些構造時，忽然明白了最初葉霖是如何造假，使得眾人以為葉芸是催眠系契約者。

原來說穿了，不過是利用數百個小型SMM彈頭，放在特殊構造中，等待葉芸上場後啟動罷了。葉芸身上則是植入了博伊德光發射器，偽造出她在使用能力的假象，加上舞臺燈光絢爛，竟也沒人發現這一點。

這麼簡單的把戲，卻居然騙了一票人。

黎楚心中暗自好笑。

人類設計的大會場，也算是叫契約者們栽了跟頭。除了契約者外，這世上其實從來不乏能做到常人眼中「奇蹟」的普通人類。

或許，葉芸就是這種人類之一。她原來沒有藉助超自然的力量，僅憑著自己的歌喉，就使得在場千人如痴如醉，陶然忘我。

黎楚回頭看去。

葉芸站在血泊中，渾身染血。特組的鐘曉正在為她銬上特製的手銬。失去記憶的葉芸茫然環顧，看見四周一片殘垣斷壁，天光從頭頂的大洞灑了下來。

她仰頭看著這道光，輕聲唱起了歌。

廢棄之墟依舊美麗
我一直在這守候你歸來
緊握著那支勿忘我
彷彿是籠中之鳥一般

究竟如何才能觸碰你的內心
我需要你變得比任何人都堅強
我放開靈魂讓你聽見我的歌

雨滴化作了我的淚水
風帶來了我的呼吸和故事
枝葉化作了我的雙手
因為我的身體被凍結在根鬚之中
當季節更替之時融解
我醒而歌唱

你所給我的那朵勿忘我

靈魂侵襲

就在這兒
你還記得嗎
你還記得當初對我說的話嗎
你還記得嗎
你還記得那一天的你嗎
當這個勿忘我的季節來到
我將再次歌唱
當這個勿忘我的季節來到
我將為你歌唱……

Episode 4
岸上人魚

SOUL INVASION

靈魂侵襲

1

立冬了，天黑得有些早。

從盛世音樂會回來後，黎楚體力透支，在車上便睡著了，身上仍穿著沈修的外套。

沈修原本想打電話給薩拉，處理後續的問題，但見黎楚睡得頗不安穩，也就作罷。

等回到北庭花園，薩拉已經黑著臉等在會議室。

沈修想到音樂會場的一片狼藉，幾千名不明就裡的無辜觀眾，還有唯鴻集團兩個繼承人一死一失憶，以及忽然被丟下的黑主教……頗有些頭疼。

一想就知道薩拉在等著告訴他什麼消息，無非是特組的人來問了，教廷的人來問了，一些亂七八糟的組織都厚著臉皮來問了……

沈修下車，發現後座上黎楚睡得昏昏沉沉。

這個罪魁禍首完全沒有罪魁禍首的自覺。如果不是他擅自跑去音樂會，何以至於 SgrA 的王要親自趕去救場？

沈修想：我果然太寵他了。

正想著，黎楚茫然醒了，疲憊道：「到家了？」

沈修一邊心想「不能再縱容他了，必須杜絕他到處亂跑的習慣」，一邊彎腰把黎楚抱了出來。

——讓薩拉再多等一會兒應該也沒事。

黎楚體力透支，其實不算過分，緩過神後還是能自如行動，但他對渾身疲軟的全新感覺毫無抵抗力……所以他可恥地屈服了，任由沈修把他抱回房間，一把丟在床上。

身體一沾到舒適柔軟的被褥，黎楚就舒服地蹭了蹭，回頭看向沈修，眼裡說：你還留著幹嘛？

沈修乾脆俐落地返身，將屋內椅子拖到黎楚床前，坐了下來，「這件事，我們必須談談。」

黎楚想：秋後算總帳的來了……

沈修道：「按照約定，你不應該肆無忌憚地離開我的感知範圍。你擅自離開，捲入事件當中，造成了多少麻煩，你應當心裡有數。」

沈修居高臨下，與黎楚對視片刻。

黎楚心虛地扭過頭道：「那是因為你太宅，我跟著你在屋裡悶著，都快要長蘑菇了。喂，我的身心健康關係著你的身心健康，出門娛樂是維持健康的一項必要活動，你知道嗎？」

沈修道：「兩天前，我問你要不要同去參加海德拉的會議，你告訴我沒有興趣。三天前……」

黎楚反駁道：「會議是工作！工作！我說的是娛樂！」

沈修道：「工作是我的。你可以在旁邊娛樂。」

黎楚誠懇道：「可是你的工作伙伴，嚴重影響了我的娛樂心情。」

沈修想了想，「你在暗示他們太醜？」

黎楚：「我沒有這麼說過。」

沈修道：「你的表情告訴我『完全沒錯』。」

黎楚：「我沒有。」

沈修：「你有。」

黎楚：「我們的話題為什麼變成這樣？你坐在我房裡，就是為了討論我有沒有覺得海德拉的首領長得很醜嗎？」

沈修：「……」

他掩飾性地低頭咳了一聲，道：「所以，你應該遵守約定，別再肆意亂跑。」

黎楚道：「我覺得這個『約定』太簡陋了，只包括了八點鐘的吻和待在你感知範圍裡這兩個條件。你不覺得這很不公平嗎，連每天給我提供多少包番茄醬都沒有定過規矩！」

沈修：「……不，我不覺得那需要定規矩。」

黎楚說道：「還有這個吻！你也從來不遵守約定！現在都八點十一了！」

沈修看了手表一眼，果然在八點十一分。

「你希望我每天精確地在八點整找到你然後交換唾液？」

黎楚道：「不，我只是舉例說明，規矩是可以變通的。你能隨意改變約定的時間，為什麼我不能多獲得一點活動範圍？其實我一直覺得，不該只有我遷就你的行程表，為什麼你不能遷就一下我的行程？」

黎楚誠懇地看著沈修，彷彿他在光明正大地進行討論，而不是刻意混淆概念強詞奪理。

沈修感受到了自己的共生者在胡攪蠻纏的境界上遙遙領先的地位，說道：「所以，你的意思是我該遷就你，跟著你參加這場音樂會，被一個跳梁小丑關在會場裡面？」

黎楚義正詞嚴道：「我會發生這種事，是因為你太宅，娛樂活動太少，而且你不恪守約定，而且我們的約定對我不公平，而且現在已經八點十三——」

沈修深吸一口氣，說道：「我現在可以改正這個錯誤。」

他站起身，一手撐在床邊，一手掰過黎楚的下巴，不由分說，吻了下來。

這個吻與以往太不一樣。

黎楚猝不及防，且身體正在最無力的時刻，就彷彿不慎卸下防備、露出柔軟嫩肉的蚌，猛地被叼住了最敏感最致命的地方。

黎楚頭皮陣陣發麻、乃至於心中狂跳，或許也是因為躺在床上的原因，全身都被壓制在沈修身下。沈修俯身吻下來的瞬間，他竟有種動彈不得的被侵略感。

那種不由分說、不容反抗、掌控一切的侵略感。

沈修低頭熟稔地分開他的雙唇，發現他牙關緊閉，便遲疑了一瞬。

黎楚身軀緊繃，幾乎是條件反射地伸手按在沈修身前，作出推拒的動作，嗓音乾澀地低喝道：「等等……不行！」

沈修微微抬起身，同樣注意到了彼此的姿勢。他瞇了瞇眼，一股熟悉的焦躁感將他胸中灼燒得陣陣發熱，一反常態地反問道：「為什麼不行？」

「我感覺……不太對。」黎楚心臟狂跳，說話時竟微微喘息，「我……先讓我起來。」

他一邊撐著床起身，一邊推拒沈修的胸膛，莫名地感覺到緊張和不安。

沈修的心跳竟也跟著快了起來。

黎楚頭皮發麻，發覺沈修支在他身前，仍然一動不動，煩躁地澀聲道：「走開！」

沈修瞳孔一縮，猛然又俯身壓了下來。

他的動作帶著野獸的凶悍，露出狼一般的眼神，像準確咬住獵物的咽喉那樣，找到黎楚的雙唇，狠狠將人壓制回床鋪上。

黎楚甚至有種正在被征服的直覺，幾乎是本能地支起腿，膝蓋撞向沈修的腹部，以圖逃出桎梏。

然而沈修凶狠地抬腿將他的舉動壓制了，他精壯的身軀全部覆在黎楚上方，以自己的體重制住黎楚的雙腿——以一種令人心驚肉跳的姿勢。

與此同時，他的吻熾烈而霸道。

黎楚渾身脫力，眼前一陣發黑，雙手被他按在一處，根本無力掙脫，除了那如同侵略般的吻，只能感覺到一陣奇異的懼怕。

他從未處於沒有絲毫反抗機會的境地裡，也從未像這樣懼怕過，只能無助地承受，心裡斷斷續續閃過破碎的念頭：他究竟想做什麼……想對我做什麼？

沈修並沒有想做什麼，他甚至腦海裡一片空白。

他不知道自己為什麼這麼做，只是在黎楚說出「走開」兩個字的瞬間，他忽然憤怒得無以復加，他的克制和理智全部消散，連自己想要做什麼都不明白，就下意識地制住了黎楚！

毫無緣由，但就是想像這樣壓著他、吻他，將他牢牢地捉住，讓他意識到自己犯了什麼錯！然後繼續狠狠懲罰他，讓他再也不敢這麼做！

可就在吻住他片刻後，那股憤怒又突如其來地消失，只能專注地吻下去了。

吻著這個人的時候，根本沒有餘裕思考別的事情。

沈修終於抬起頭，放開了黎楚的雙唇。

黎楚幾乎是狼狽喘息著。他看著沈修深邃的視線，感覺自己的雙手仍被擒著；他可以詭辯、勸告，或者示弱，可他不敢說任何話，因為沈修的眼神依然在說：別動，不然你會後悔。

沈修低頭觀察著黎楚，看見他因為緊張和劇烈喘息而微微泛紅的眼眶，還有脖頸下一片因為緊張而出現的可憐的細小突起。

他這麼緊張，嚇得……不敢說話了。

突如其來地，沈修有些後悔，又感覺十分憐惜。他放開了黎楚的雙手，從床上跨了下去。

黎楚坐起身，摸到自己手腕有些瘀青。

沈修的力道大得可怕。

而現在他仍站在床邊，斟酌了半天該說些什麼，最後說道：「……好好休息。」

沈修離開了。

黎楚精疲力竭，好半天才止住了生理本能的顫慄。

他知道沈修還站在房門外，便關了燈，看著門縫底下透進來的一絲光線，佯裝已經睡去。

黎楚躺在床上，閉了閉眼。

一瞬的黑暗立刻讓他回想起沈修那不容違抗的吻，光是回想，就令人一陣心驚肉跳，不由得又在黑暗中坐起身。

不能這樣躺著……那種被壓在下面肆意侵略的感覺，太……

黎楚喘息片刻，感覺到喉嚨乾澀不已，他倒了杯冷水，斷續喝了許久，最後打開手機。

2

沈修從不覺得自己會失控。

多年的領袖生涯讓他極其沉穩，喜怒不形於色。往前追溯，成為「王」後，他就學會了克制一切不必要的想法，哪怕是更早的時候，一無所有，他也不曾像個暴躁的年輕人一樣，想做什麼就做什麼……

今晚簡直是……魔鬼般的衝動。

連他自己都不知道，那個時刻自己想做什麼。

他在黎楚門外站了一會兒，居然找不到一丁點兒能夠形容自己現在感覺的詞彙，在他以往的人生中也不曾出現過類似的場景。隔了好半天，思緒來回繞圈，竟仍不能自拔。

離開黎楚屋外，他像一頭暴躁的野獸轉了片刻，偶然來到薩拉的門前。

他思索，覺得至少得知道自己亂跳的心臟出了什麼問題，於是便敲了門。

開門的並非薩拉，而是她的共生者，安妮。

她是個紅色鬈髮、身材妖嬈的混血美女，尤其愛穿寬大的T恤和白襯衫，光著一雙長腿到處亂晃。她和SgrA的幾個高層都上過床，尤其塔利昂，後者作為交換則改變了安妮在組織裡的地位。

安妮是SgrA中除黎楚外，唯一一個得以居住在北庭別墅區的共生者。

尤為令人注目的是，這個美人兒八面玲瓏、風情萬種，和自己的契約者薩拉也有一腿。

薩拉原本不是同性戀，但她愛上了自己的共生者安妮，她們住在同間屋子裡，在薩拉有假期的時候，就整日整夜黏在一起，做愛，談戀愛，睡覺。

沈修對安妮沒有偏見，女人利用身體優勢獲取便利這種事，他不置可否，只要不鬧出醜事，一切都是人們的自由。出於他的態度，塔利昂和其他人才敢長期保持與安妮的關係。

但安妮極為懼怕沈修。這大概是一個利用美貌作為武器的女人，面對一個對美貌無動於衷的男人時，必然會有的恐懼感——更何況這個男人有著至高無上的權力。

安妮開門看見沈修，恭敬地欠了欠身，問道：「陛下，薩拉正在洗澡，需要我為您喊她出來嗎？」

「不必了。」沈修說，他並不打算停留。

安妮遲疑片刻，鼓起勇氣喊道：「陛下。」她抬手示意了一下下唇中間的位置。

沈修明白了，以食指蹭了蹭自己的唇，發現有一絲血跡，可能是黎楚在反抗時咬破的。沈修蹙眉，這才注意到這道傷口。

他並不準備和安妮對話，無視她後便徑直離開了。

安妮一直目送沈修的背影消失在走廊盡頭，這才長出了一口氣，關上門，隨手將身上唯有的布料脫了。

薩拉剛洗完澡，光溜溜裹在浴巾裡，傻乎乎問道：「是不是頭兒找我？我在會議室裡等老半天，他才發訊息給我說唯鴻的事情先押後。發生了什麼重要的事情嗎？」

安妮赤身走到床邊，從桌上撿起一支抽到一半的菸，叼在嘴裡深深吸了一口。

薩拉迷戀地看著自己的共生者，安妮在吸菸時有種墮天使般的美感。

安妮夾著菸，慵懶道：「不知道，陛下向來不和我這種人說話。不過，剛才一定發生了什麼事……」

薩拉翻身坐起來，濕髮亂糟糟甩了一臉，不自覺就跟著安妮的稱呼喊了起來，道：「肯定是發生了什麼，陛下不會無緣無故放我鴿子。是不是Z市那群選民又擴張了，還是阿薩辛忽然殺了哪個官員或者主教……總不能是唯鴻集團沒了繼承人來鬧吧，就幾十億的財團也好意思找到陛下跟前來？」

安妮無奈笑笑，唇角牽起的笑紋溫柔又帶著世故，她將菸摁滅在菸灰缸中，替薩拉撩了撩頭髮，說道：「不是這個，不過……可能比這些事還要驚人。」

這下薩拉徹底猜不出來了，乾巴巴瞪著安妮。

安妮指了指自己的唇角，得到薩拉的主動獻吻和一個意料之中的白眼後，終於說道：「剛才陛下看起來不太對勁，他的嘴唇都被咬破了，而且好像……遇到了煩躁的事。」

薩拉震驚得眼睛都圓了。

安妮看得好笑，忍不住湊上去親了親，低聲道：「最近陛下有帶情人回來過夜嗎？」

薩拉猶豫道：「我不太清楚，你知道陛下不喜歡私人時間被打擾。不過主廚好像有提過，Z座裡多了一個契約者，我覺得吧，十有八九，可能是黎楚。」

安妮側坐在床沿上，又抽了一支菸，說道：「那個黎楚嗎？我知道他的名字，你們的情報組長馬可說，他的能力深不可測，而且自加入以後就一直被帶在King的身邊。King不讓底下的人私自查看黎楚的檔案資料，連塔利昂也不清楚他的底細。」

薩拉道：「還不能算加入。按照規矩，新來者需要得到馬可、塔利昂和我當中至少兩人的認可，然後執行一個測試任務、一個正式任務後，正式加入一個小組，在下一次會議裡正式介紹給全員，才能算是SgrA的成員。」

「他不需要你們的認可。」安妮慵懶道，「陛下親自帶了他半個月的時間，這就是他的通行證、免罪條、信用卡以及話語權。假如他就是那個住在陛下隔壁的人……我有種感覺，我們說不定，要有個『皇后』了。」

薩拉：「……」

安妮看著薩拉被雷劈到半天反應不過來的模樣，問道：「妳不會從沒想過這個問題吧？」

薩拉傻乎乎點了點頭。

安妮無奈道：「王是契約者，然而契約者總歸沒有脫離人類的範疇，對吧？那麼一個人類在某個該死的時間地點，不小心對一個該死的誰動了心，不是很正常的事情嗎？」

薩拉喃喃道：「就像我碰上了妳。」

安妮的心冷不防麻了一下，她熄了菸，翻身上床，將薩拉壓在底下，親了親她的額頭和眉梢，說道：「親愛的，選個姿勢吧。」

薩拉瞬間臉紅了，扭捏半天，小小聲說道：「聽妳的。」

安妮頓時受不了了，自從長期維持交頸關係，自家契約者變得一天比一天更可愛，簡直是隻溫順的兔子，而自己就不自覺進化出了狼尾巴。

或許咱們是唯一一對，由共生者寵著契約者的奇怪組合吧。

沈修繞回客廳，管家提醒他最好吃些東西。他自從下午茶被打斷，急匆匆去救黎楚，一直沒能好好用晚餐。

這是個中肯的建議，很難拒絕，沈修只好放棄了看資料的打算，坐到餐廳裡。

然後他發現裡面已經坐了他的情報組長。

馬可是典型的義大利美男子，挑著濃眉，帶著意味深長的笑容的時候，就格外令人難以忽視。

沈修坐下，又摸了摸唇上的傷口，心想：為何都這麼看著我……他們從這個傷口想到了什麼暗示？

這當然暗示了很多事情。

SgrA 的王已經很久沒受過傷了，不過現在看來，他正帶著一個有能力「傷到」自己的人，而且形影不離。

對沈修來說，他知道一切真相和發展。

可是對他的下屬來說，他們看到的就只是理智、強悍、掌控力十足的王，帶回一位籍籍無名的新人，片刻不離身邊地調教著他，縱容著他，然後又發展出了一些曖昧的、不能明說的事情，甚至慣著他……留下這麼個引人遐想的傷口。

沈修原本不覺得這道傷口如何，但是接連看見兩人的反應後，不得不思索：我是不是該讓薩拉治療一下……

緊接著，他想：也該讓薩拉看看黎楚的情況，他體力透支後，似乎格外虛弱。

於是就這樣，剛思考了三秒鐘的時間，思緒又黏回了黎楚身上。

沈修揉揉太陽穴，打開手機，盯著空蕩蕩的螢幕片刻，點開微博。

他登錄了一個新註冊的帳號，名字是一串隨機字元，粉絲只有寥寥幾個殭屍粉，關注則只有一個，是黎楚的「大河二何」。

就在十分鐘前，「大河二何」發了一條微博，底下附了一張大圖。

沈修點開圖看了一眼，是一男一女面對著面。

這是一幅深具意境、壓抑的畫作。

男人低著頭看向女人，臉上帶著淚痕，一手抓著鮮血淋漓的匕首抵在女人脖頸上，一手則痛苦地揪著自己的心臟部位。

女人仰頭無怨無悔地微笑，一手牢牢握住了男人的手，幫助他握緊那把匕首，另一手背在身後，緊緊抓著一塊尖銳的石頭。在她背後，還長著一隻小小的、潔白的翅膀。

乍看之下，場面一觸即發，令人心驚；仔細去理解，卻又感覺迷影重重，撲朔迷離。

唯有沈修立刻想到，這大概是畫葉霖和葉芸姐弟。

他隨手往下拉動頁面的時候，瞥到了第一條熱門評論。

來自致鬱之神二何巨巨的惡意簡直撲面而來難以抵擋，老子在強烈的閃光彈裡光榮陣亡。別討論畫裡到底是什麼了，肯定是在說愛情是致命的、矛盾的！我賭五毛，二何巨巨今年就要領證了！

沈修：「……」

這是什麼意思？致鬱？閃光彈？

因為不熟悉微博，他這才想起「大河二何」除了這張圖以外，還有一段微博才對。

再翻上去看，圖的上面，是短短一個問題。

被壓著強吻了一頓，怎麼找回場子？

3

黎楚雖然身體很疲倦，精神卻緊繃過了頭，徹底睡不著覺。他無所事事地又做了張ＣＧ，發在微博上，順便問了那個怎麼找回場子的問題。

他剛發完不超過三秒鐘，右上角立刻開始瘋狂跳點讚、評論、轉發和私信，因為黎楚真的挺想知道怎麼找回場子，於是就刷了半天，隨便抽著看了幾個回覆。

……還別說，有些挺讓人大開眼界的。

有個粉絲說晚上夢見他畫的公主入懷，第二天早上起來發現自己懷孕了，但是自己還是處女，於是要求二何大神負責奶粉錢……

黎楚回覆道：別擔心，三個賢人會來送禮物的。

當然也有人一本正經回答問題。

有個私信特別長，斷續寫了二十來分鐘，他詳細地描述了如何找回場子的關鍵問題：首先要鍛鍊體魄！當你成為一米九 with 八塊腹肌的壯漢後，就再也不怕被壓著強吻了！

其次是瘋狂鍛鍊吻技！務求達到不滯於物、收發隨心、破碎虛空的高手境界，然後去反攻，把對方狠狠按著強吻七七四十九天！

最後是更進一步建立權威！準備若干工具，包括但不限於蠟燭、皮帶、皮鞭、手銬、腳鐐、X球、XX棒、XX束縛、X環……（以下省略三〇二二字）。

黎楚：「……」

看不懂啊。

網路語言果然博大精深，不愧是世界第十大語系。

雖然不懂，但是黎楚默默複製到了硬碟裡。

如此用心良苦的長篇大論不應該被遺忘！說不定某天醍醐灌頂，或者在網路上找到了有關的釋義呢。

黎楚接著往下翻，忽然瞧見一個叫做「Audrey」的粉絲留了一條奇怪的訊息：904844160。

這是五七一二四乘以一五八四零的結果。

五七一二四是黎楚在伊卡洛斯基地的編號，一五八四零則是亞當的。這個數字，是他們曾經提過的其中一種暗號。

亞當，就是那名「人魚」契約者。他能夠將全身奈米粒子化，重新構造成任何模樣，人魚是他的一種形態。黎楚成為二何後的第一幅畫作就是他。

實際上，他最初選擇了亞當的形象，有部分原因也是希望能重獲與伊卡洛斯的聯繫，可惜還沒有等到，他就改變了主意。而事情現在發展到今天這個地步，早已經脫離軌道太遠了。

黎楚心中一動，點開這個粉絲後，發現他曾在六天前，也給了一條一模一樣的私信。但因為消息太多，他沒有看到。

黎楚幾乎可以肯定，這個帳號背後如果不是亞當通過他們兩人之間的暗號來進行聯絡，那麼就是馬越拉，伊卡洛斯的首領所為。

為了進一步確定帳號背後的人，黎楚打開了能力。

他還沒有恢復完全，為了避免自己再次透支，他沒有直接控制資料，而是選擇使用筆記型電腦作為跳板，通過軟體程式間接達到自己的目的。

黎楚首先簡單堵塞了一些自己的埠，然後匿名購買了高級代理。他不可能使用自己以前在伊卡洛斯的資源，他曾經擁有的殭屍網路數量在這個國家數一數二，早已經樹大招風。

何況他「死」後，伊卡洛斯基地很可能把這些資源重新分配給了其他情報人，強行使用它們只怕打草驚蛇。

黑底白字，單調而枯燥的一排排英文在黎楚的頁面上刷新。

黎楚很快地找到了相應的新浪伺服器，當找到可以利用的漏洞時便毫不猶豫地開始了滲透。

他滲透電腦的方式與催眠彈滲透人腦如出一轍，只需要先放出一個極其複雜的過程，讓對方卡在上面難以動彈，哪怕只有零點幾秒的時間（大型伺服器尤為短），然後趁機傳遞過去非法長度的指令。

當指令的前半部分順利突破了機器原有指令的佇列長度，後面的命令就會順勢進入執行佇列，被中央處理器無知無覺地執行——哪怕是獲取管理員許可權的指令。

然後的事情就很簡單，黎楚在龐大的新浪資料庫裡，命令伺服器搜索了

「Audrey」的使用者資訊。

這個帳號非常清白、乾淨，不關注，不點讚，不評論，零微博，以伺服器的資訊檢索能力也無法找到他的喜好、偏向，因此被標注為「疑似殭屍帳號」，等待真人員工審核。

黎楚查看了它的登錄情況，兩次是不同的ＩＰ位址，看起來是手機的ＩＰ。

黎楚喜歡謹慎的人，那會讓他的追蹤變得困難；而困難的工作正是顯示自己價值的最好機會，征服難題令他有些難言的興奮。

通過簡單搜索，黎楚找到了該手機ＩＰ的運營商是聯通。他撩起袖子，簡單粗暴地決定，繼續入侵。

與新浪相比，聯通伺服器更是滴水不漏，黎楚在極為龐大的資料流程中找了許久，沒能找到什麼有用資訊，終於發現滲透需要的強度有些得不償失，便決定，強攻。

強行猜解聯通伺服器的密碼設置，當然不是暴力字典法，而是黎楚自己發明的演算法。在失去超級電腦的使用權後，為了滿足該演算法要求的每秒計算量，他不得不連結了自己的人體代碼，讓大腦部分神經網路參與輔助運算。

不要小看人類的腦部神經網路，一個人的大腦脈衝一秒的計算量可以達到六點四乘以十的十八次方，相當於二〇〇七年世界上所有電腦加在一起的總和。

當黎楚將自己的神經網路連結上一臺電腦後，後者的計算能力將是當今世界前三大超級電腦的三十倍以上。

可想而知，神經網路電腦這項技術，先進到根本沒有硬體條件能夠支援，如果沒有黎楚的能力，樂觀估計，它現世的時間在二十年後。

如此可怕的計算能力使破解進度極快增長，一分二十秒後黎楚得到了一串十六位元的密碼，獲取了管理員許可權。

此時他看了看多層跳板的情況，發現聯通的紅客反應十分迅捷，他們正在關閉一部分網路服務，同時也追蹤到了他的第二層跳板。

他有十七層代理，一旦被他們找到最後一個，他的真實ＩＰ地址就將曝光。

黎楚暫時沒有理會這些人，抓緊時間進入聯通的資料庫，搜索登錄「Audrey」帳號的ＩＰ。令他意外的是，聯通的資料庫除了新的金鑰外，竟還需要資料庫管理員的語音資訊。

必須管理員親自對著話筒說：「我是ＸＸＸ，授予資料庫ＸＸ許可權。」才能進行搜索等操作。

黎楚皺了皺眉，聯通的人已經查到了他的第七層跳板。

看來得抓緊時間了。黎楚擷取資料庫資訊，發現這是個非關係型數據庫，由於尚未發展完善保密措施，意外找到了資料庫管理員的聯繫方式。

黎楚立刻通過網路模擬器直接撥號。

「嘟嘟——」

在漫長的手機忙音中，聯通的紅客突破了黎楚的第十一層跳板。他們的速度越來越快，應該是投入了更多追蹤人手。

喀一聲，電話終於通了，管理員在那一頭說道：「喂？喂——」

黎楚眼中博伊德光一漲，將他的音色和語調資訊完全收錄，加以分析。

管理員在幾秒後因為得不到應答而掛了電話。

黎楚迅速將語音資訊進行降噪、分析、加工，重新類比出一條新的語音資訊，發向聯通資料庫。

在幾秒的驗證過後，資料庫許可權終於開放。

此時紅客們已經抓到了他第十六層跳板的尾巴。

黎楚立刻搜索那個ＩＰ的有關資訊。

聯通的資料庫裡存放著海量的使用者資料，每支門號的每一條資訊，包括簡訊、通話、網路訪問，全部都有存檔備份，如果不是資料量太大，恐怕他們會將所有資訊統統永久保存，但現在硬體設置有限，大約只能存放三個月。

大量的伺服器並不用於服務客戶，而是緊張地分析這些一切資訊，他們計算出每個用戶的名字、住址、愛好、人際關係、地位、資金等等，甚至知道一個人便祕了多久、出軌幾次，所有隱私都不是隱私。

想像現代人有多少活動都通過手機進行，在這些超大量的資料支援下，任何人對於這種運營廠商來說都幾近透明。

更可怕的是，人們與此同時還要付錢給他們，而這數量驚人的龐大資金又繼續被用來進行類似的資訊搜集。

現在回到現實，黎楚找到了那個ＩＰ對應的號碼，這是個一次性的手機號碼，撥打一次之後就會作廢。

黎楚看了聯通對自己的追蹤進度一眼，他們卡在第十六層上，那個代理是黎楚非法使用美國人口普查局的內部伺服器，看樣子對他們來說有一些難度。

三十秒後，黎楚獲得了一次性手機的零售商地址，飛快退出了聯通伺服器，將自己的尾巴清理乾淨，然後直接毀滅掉最後一層代理伺服器，確保自己沒有留下線索。

這些跳板當然再也不會被使用了。

黎楚這時才有空慢悠悠喝了口水，找到零售商，輕鬆入侵了他們的監視系統。

接連幹翻了新浪和聯通這種壯漢以後，這種商家的安全系統簡直是個軟妹子。

4

困難的工作總是有回報。

黎楚調查了零售商的監視畫面，經過反覆對比，終於找到了那個買了一次性手機、登錄「Audrey」帳號的人。

是個女人，長得很普通，身材矮小，穿著白色大衣，沒有什麼特色。她買完手機後，對著鏡頭笑了一下。

這一笑，讓黎楚徹底確定「她」就是亞當。

前面說過，亞當的能力是身體奈米化。他可以任意化形成各種外貌，人形、非人形，動物、植物，但其他比如昆蟲、死物則難以勝任。

在變化期間，他的生理需求不會停止，因此他仍至少需要一套呼吸、消化、血液循環和神經系統，這是限制他變化範圍的最主要因素。次要因素則是，他的身體質量恆定，因此無論怎麼變，大小和重量都差不多，要變成比自己小的東西，他必須把自己的一部分留下來。

在伊卡洛斯時，有段時間，他們在某種意義上成為了「搭檔」。亞當在外執行任務，時常幫助黎楚獲取資源，或進入封閉環境以幫助黎楚入侵；而黎楚則主要進行建模，替亞當設計戰鬥姿態，甚至設計過「異形」的姿態。

亞當花費幾天時間才徹底掌握黎楚特別改造的舌頭和尾巴，那之後，異形型態就成了亞當的殺手鐧之一。

伊卡洛斯被毀後，黎楚始終沒聯絡上總部，他認為這很可能是因為，他「死」後屍體被確認了，因此總部銷毀了他的聯絡訊號。而亞當這樣的契約者因為能力特殊，基本上很難殺死，他肯定在那天活了下來，並且看見了黎楚放在網上的人魚ＣＧ，用這種極為隱蔽的方式來試探「大河二何」。

亞當必定在躲著什麼人的監視，他化形成的模樣黎楚從未見過。

黎楚之所以能認出來，是因為亞當那個笑容。

他從沒見過笑得比亞當還難看的人，這幾乎要成為他的標誌了，以至於他每次出任務前，都會有人調侃，讓他千萬不要笑，一笑就會暴露身分。

黎楚反覆播放監視畫面，終於看見亞當在買一次性手機的時候，右手若有若無地在桌上敲擊。

長、短、短、長……

摩斯密碼，加ＲＳＡ加密演算法。

黎楚一邊啟用能力翻譯這段密文，一邊心想：以亞當那計算能力想敲出這段密文，該不會偷偷算了半個月吧？

解密完畢，他將明文拼湊在一起後，看見了兩個經緯度，再對著地圖確認，赫然發現它指向的位置就在兩條街外，距離北庭花園最近的一家星巴克。

黎楚在地圖上仔細查看這家星巴克，發現它對面有一家旅館，可以直接看到店內情況。亞當很可能會偶爾在旅館觀察對面星巴克的情況，尋找可疑的蹤影。

毫無疑問這是個陷阱。

如果是真正的黎楚，絕對不會出現在星巴克。

一旦發現亞當，他就有成千上萬種方法進行聯絡，不可能特地跑去哪裡面對面交談。亞當刻意留下的地址，實際上是用以考察，是否有人故意放出人魚圖引誘自己上鉤。

他本人則在旅館裡租了很長時間的房間，將一支設了密碼的手機插上電，留在床底。

黎楚基本上可以肯定，那支手機是自己設計的那種，輸錯一次密碼就會立刻自毀。順便說一句，它根本沒有真正的密碼，只留了一個只有黎楚的能力進入的後門——這是黎楚專用手機。

如果是往常，黎楚現在已經聯繫上亞當了。

可惜現在不行，他的身體狀況還沒有好轉，輕度使用能力還行，想要入侵半公里外的特殊手機則有些危險。

他長長嘆了口氣，倒回床上，看著天花板上的吊燈。

——餓了，不想去餐廳。萬一碰上沈修，老子還沒想好怎麼找回場子。

就像個暴躁的青春期少年一樣，黎楚在床上滾了半天，終於餓得忍無可忍，穿了件帽衫，把帽子戴了起來，神神祕祕出了房間。

他的顧慮並非多餘，因為他真的在餐廳發現了沈修，還有馬可。

五十米內，沈修對他的位置瞭若指掌，毫無疑問他知道黎楚的到來。兩人隔著半個餐廳對視了一眼……

暗流洶湧，雙方眼神都複雜難言。

黎楚雙手插在口袋，帽檐下一雙深琥珀色的眼眸凜冽地直視著前方，氣勢洶洶地走過去。

坐在沈修對面的馬可震驚地看著黎楚紅腫的雙唇，又回頭看沈修，瞬間像被踩了尾巴的貓一樣，嗖地跳了起來，手上叉子掉了都不敢去撿，躡手躡腳又奇快無比地腳底抹油，溜了。

沈修默默放下叉子，想了半天，終於說了一句話：「你還不睡？」

黎楚心道：天賜良機。

現在他們的高度反過來了，沈修坐在椅子上，黎楚站著，居高臨下，冷冷道：「抬頭。」

沈修還沒反應過來怎麼回事，黎楚忽然間欺身上來，惡狠狠地咬住他的嘴唇。

這一下正巧咬在原先那道傷口上，沈修委實疼得不輕，發出輕微的抽氣聲。

黎楚支起右腿，膝蓋壓著他的腿，用手撐著椅背，繼續「壓著強吻」沈修。

沈修：「……」

他明白過來了，又是無奈又是好笑，片刻後在黎楚膝窩處輕輕一捶。體力不濟的黎楚吃不住疼，腿上一軟就栽了過來。

沈修抬手抱住，頓時黎楚雙膝分開跪在他腿邊，整個人跟趴伏在他身上似的，胯部挨著他的腰腹。

這下輪到黎楚無言了，意識到自己選了個錯誤的時機，鬱悶不已，在沈修嘴唇上啃來啃去，咬出了四、五個新傷口，還把他舌頭也咬破了。

兩人像小孩打架似地較勁了半天，終於兩敗俱傷地分開來，嘴角都酷炫地留下一道血跡，如同受了內傷的武林高手。

沈修狼狽地抽了張紙巾，按住嘴上的傷口，雪白的紙面浸出兩、三個小小的血點。

沈修剛想開口說話，黎楚猛地把他打斷了。

黎楚說：「你心跳得好快！我能感覺得到！」

沈修這下心跳整個都停擺了一下，脫口道：「我——」

但黎楚沒給他說話的機會，緊接著又道：「你看你也這麼緊張，應該能體會到被壓在下面吻是什麼感覺了！己所不欲勿施於人懂嗎？下次再這樣我真的要揍人了！」

沈修：「……」

黎楚抹了抹嘴，示意他把紙巾拿來。

沈修任勞任怨地遞了兩張過去，黎楚繼續教育道：「你現在知道這種感覺有多糟糕了？我們的約定裡有必要加一條『不能強吻』，就這樣定了。」

沈修緩緩道：「所以你……這麼做，就想和我說這個？」

黎楚擦完嘴，紙巾一丟，瀟灑地說道：「我們兩清了。但是沒有下次。」

他到處亂翻，找到漢堡和幾包番茄醬，便愉快地忘記了這件事，重新戴上帽子，扭頭離開餐廳。

沈修捂著嘴，看著他的背影，許久後無奈地一笑。

黎楚大搖大擺走出餐廳，叼著番茄醬哼著歌。

大抵是累過了頭，他的精神現下有些亢奮。

他本就體力接近透支，只在車上睡了一小會兒，還逞強去幹壞事，這下吃了點東西，癱在沙發上。

他一邊命令腿部肌肉放鬆，一邊心想：那個私信真有道理！找回場子的第一步是身體強壯，第二步吻技超絕，第三步是什麼？我是不是應該先把那些蠟燭、皮鞭什麼的東西統統買回來備著？看不懂也可以研究研究、試驗一下。

（沈修：啊噫！）

黎楚在沙發上坐了一會兒，發現窗外有手電筒的光在亂晃。

這在北庭花園十分稀奇，沈修受人敬畏，他們不敢來Z座到處亂晃。

黎楚打開窗，看見外面黑漆漆一片，藉著光源，可以看到管家和一名門口保全在不遠處的圍欄旁站著，似乎在討論什麼。

黎楚問道：「巴里特，什麼事？」

管家高聲回道：「先生，這裡有隻狗被困住了！」

黎楚不太有力氣去好奇這件事，但坐了一會兒，巴里特居然還在那裡討論，頓時來了興趣。

「巴里特，還沒搞定？」

管家尷尬道：「抱歉先生，似乎有點難辦。」

黎楚感覺好一些了，便起身走了出去。

北庭花園最外圈圍繞著黑色圍欄，上方架設了高壓電網，還裝有監視器。

圍欄下半部分的牆體外有時會生長灌木，此刻有一隻哈士奇半趴在灌木上，兩隻漂亮的藍眼睛無辜地看著三個圍觀牠的人類。

……牠的腦袋卡在兩根欄杆中間。

拔不出來了。

5

那之後很長一段時間裡，只要提到「哈士奇和欄杆」，就像打開了什麼奇怪的開關一樣，黎楚每次都會瞬間爆笑出聲。

那天晚上，三人圍著那隻傻乎乎的哈士奇研究半天，把牠的腦袋左擰右擰，可就是拔不出來。

保全繞到了圍欄外面，按著哈士奇的脖子，管家抓著哈士奇的嘴。兩人一推一拉，又怕弄傷了這隻大狗。

蠢狗被來回折騰，死活出不來，兩隻眼睛可憐巴巴地看著黎楚。

黎楚笑得直不起腰。

最後他出了主意，讓管家去廚房找了瓶橄欖油，全貢獻給了哈士奇的大腦袋。

大狗臉上的毛統統被碧綠色的橄欖油蓋住了，整個腦袋縮小了一圈，黑毛白毛亂七八糟立著，最後託橄欖油的福，終於艱難地把頭拔了出去，累得吐著舌頭喘氣。

黎楚快笑得生活不能自理了，他發現這隻狗臉側的毛都被壓得立了起來，從正面看過去，好好一隻威風凜凜的哈士奇，臉上像是套了朵喇叭花。

保全也笑得不行，從外面繞回來打算洗手。

哈士奇夾著尾巴跟著他走到門口，被關在北庭花園的後門外面。這裡的規矩是沒有許可，不管活物死物，任何東西都不能進入。

黎楚隔著門打量牠，打趣道：「頭被擠小了沒？」

哈士奇興奮地來回轉圈，一屁股坐在外面，尾巴左右亂搖，超開心地「嗷嗚」了一聲。

黎楚笑牠蠢，牠也一樣開心，咧開嘴呼哧呼哧地笑。

黎楚吩咐巴里特取了幾塊烤肉回來，用筷子夾著，給鐵門外的哈士奇看了看。

大狗口水都流出來了，眼睛冒精光。

黎楚就把肉吃了。

哈士奇興奮的表情停在臉上，傻乎乎看著黎楚。

黎楚又笑得不行，夾了一塊丟到門外。

肉還在半空中飛著，哈士奇就兩腿一蹬，以一種拉風到了極點的姿勢凌空飛起，張嘴狠狠咬住烤肉，兩口就吃完了。

黎楚問道：「你是家養的還是流浪的？」

哈士奇聽不懂，以為黎楚在問牠還要不要吃肉，兩隻毛茸茸的耳朵立得又高又直，雙眼炯炯有神地看過來，兩隻前爪興奮地在地上扒來扒去。

黎楚又道：「你有名字嗎？旺財？狗蛋？……沈修？……亞當？」

大狗吐著舌頭，歪著腦袋，隔了好一會兒催促似地「嗷嗚——」了一聲。

他笑道：「就叫亞當吧。」

把剩下幾塊肉餵了，黎楚吩咐保全開了門。

哈士奇「亞當」吃完肉，在黎楚腳邊嗅來嗅去，臉上還帶著橄欖油。

黎楚摸了摸牠的脖子，說道：「和我進去洗澡。」

旁邊的保全不得不提醒道：「先生，沒有相應的命令，我們不能放外面的犬類進入。」

「你們沒有放牠進入。」黎楚說，「是我帶進來的。」

他朝著亞當勾了勾手指，大狗以為是帶牠繼續吃，諂媚地跟上來，時不時舔舔黎楚的手。

幾個保全猶豫了半天，看著一人一狗往回走，心裡同時想道：聽說這個是未來的「王后」……王后是什麼鬼意思？不管了，反正惹不起。

黎楚把哈士奇帶到Z座，為牠在浴缸裡放了熱水。

再回頭去看，這隻蠢狗使勁扒著地毯，把自己的頭擠到下面去，假裝沒人能看見。

黎楚：「……過來，我要把你臉上的油洗掉。」

哈士奇拚命在地上蠕動，藏了半個身子在地毯下面，把地毯拱成了小山包，一條尾巴還在外面夾著。

看著牠渾圓的屁股，黎楚忽然想到了一個問題：「對了，你是公是母啊？」

亞當：「……嗷嗚！」

黎楚走過去，一腳踩在地毯上，彎腰去抓亞當的尾巴。

哈士奇在地毯下焦躁地鑽來鑽去，夾著尾巴哀號。黎楚好半天才抓到牠的尾巴，然後試探著往上撩，想看亞當的生殖器。

「嗷嗷嗷嗷嗷嗷——」

亞當瞬間發出一陣哀號，猛地一躍而起，險些把地毯上的黎楚掀翻在地，接著向浴室外面亡命逃竄。

黎楚：「……」喂你一隻狗哪來這麼大羞恥心？

深更半夜，一隻被窺伺了菊花的哈士奇，淚奔在保衛貞操的道路上。

黎楚懶得去追狂奔的大狗，打了內線電話給管家巴里特。十分鐘後，淚流滿面的哈士奇亞當又被押回來了。一個人在前面抱著牠的前腿往前拖，另一個人則在後面托著牠肥碩的臀部往前推。

哈士奇發出聞者傷心見者落淚的低低嗚咽聲，經過徒勞的反抗後，被帶到了大魔王黎楚面前。

黎楚漫不經心道：「想逃？哼哼哼哼。」

亞當：「嗷嗚嗚嗚嗚嗚……」

接下來的場面不利於人類的身心健康，就不詳細敘述哈士奇被三個人聯合壓制下，在浴缸裡翻騰時的悲憤，以及一場澡洗了一個小時後純潔的狗身被全部摸了一遍節操碎光的慘痛，以及最後被吹乾噴上香水綁上蝴蝶結打包送到黎楚手上的屈辱。

……又十分鐘後，黎楚用兩塊牛肉乾輕而易舉地滅掉了這些悲憤、慘痛和屈辱。

它們全部變成了諂媚。

又折騰了好大一番，黎楚累得不行，沾上床後倒頭就睡。

而管家先生和哈士奇亞當在客廳裡面對面沉默良久，管家出示了一張清單，其內容包括但不限於：清理爪子，清理毛皮，修毛，打疫苗和……犬類絕育手術。

亞當：「嗷嗚——！」

次日清晨。

沈修下樓時，揉了揉太陽穴，頭疼道：「哪裡來的狗？昨夜一直在叫。」

管家惶恐地說道：「先生，昨晚有隻哈士奇被困在外面，黎楚先生救了牠並且帶了回來。我們剛為牠清理乾淨，正準備帶牠去打疫苗。」

沈修皺眉道：「帶回來了？」

管家道：「先生，黎楚先生的意思是想要長期蓄養牠，並且為牠取名叫『亞當』。」

沈修沉默片刻，坐下來道：「罷了，我會和他說這件事。狗先帶出去。」

管家應了是，去替沈修取早餐。

一分鐘後，沈修看著盤裡的三明治，默默盯了一會兒，打開看了一眼，裡面的培根不見了。

……牛奶也全沒了，荷包蛋沒了一半，上面都是犬牙留下的印子。

管家嚇得魂飛魄散地說道：「對不起先生！真的非常抱歉！我這就去把亞當抓回來！」

沈修不想在早餐的問題上浪費時間，起身走了。

今天的議程臨時改動了。一天前，盛世音樂會發生的事件牽動了許多勢力的敏感神經，教廷更有一名執事被殺害，教區主教正在籌劃一次各方會議。

另一方，唯鴻集團失去了第一繼承人，還發現他們即將面對各方施加的壓力，為了自保已經割讓出一大塊利益，但這利益多數被上面的內幕吞咽了。

利益層層糾葛，使得事情更為複雜。這個國家自己的執行特組和行政部門居然派來了兩支代表團，分別代表著各自的利益。

這個級別的會議，往常沈修頂多派薩拉前往參與。薩拉不擅長應付複雜的事情，參加會議的唯一方式就是坐著當吉祥物——但這也夠了，她是SgrA的治療師，當任何地方會議的吉祥物都綽綽有餘。

可惜的是，這次事件牽扯到黎楚，甚至葉霖是沈修親自所殺。身為東區的王，想要繼續維持他的威嚴和公正性，沈修不得不過問會議進程。

與北邊那位喜歡待在愛琴海的王不同，沈修不喜歡將世俗的權力一併握在手裡，他對此完全不感興趣；他更多的是干涉和管理一定的秩序，無論是政府還是異能組織只要不觸及底線，他只會放出藍色信件進行警告。

如果是世俗世界的傳統王者，這麼做意味著其權力的衰落，但異能界不同，只要王還活著，他自己就意味著毀滅級的軍事力量，而力量總是能帶來包括權勢在內的一切東西。

離開之前，沈修特地去看了黎楚，後者還睡得很香。

雖然按照約定不該繼續放他一個人行動，但沈修最後還是沒有叫醒他。

薩拉被留在Z座，沈修吩咐她等黎楚一醒就替他檢查身體，他情況特殊，沈修自然會多一層顧慮。薩拉是治療師，該知道的時候總會知道黎楚的雙重身分，這點沈修不會對她隱瞞，她的忠誠毋庸置疑。

走時薩拉問道：「頭兒，剛才黑主教來信詢問，您真的要承認和葉霖的死有關嗎？」

沈修道：「人本來就是我殺的。」

「可是頭兒你不必親自去，我們只需要聲明這件事有我們的人參與就可以了……」薩拉建議道。

沈修頓了頓，解釋道：「不，我不只要過問這件事的進展，而且我會讓他們認識黎楚。他們必須知道，並且深刻地知道，SgrA的人受我的保護，黎楚亦然……我不允許任何人動他，敢於嘗試或者想一想的人，都必須付出代價。」

6

黎楚這一覺睡到日上三竿。

薩拉受沈修的囑咐在Z座等了半天，懷疑黎楚因為體力透支而昏厥了，便使勁在外面敲門，好半晌才見到黎楚睡眼惺忪地打開門出現。

黎楚渾身痠麻，膝蓋發軟，完全是能力使用過度的後遺症，但他出現時睡衣鬆鬆垮垮，露出鎖骨，搭在門把上的手腕帶著瘀青，走路時雙腿綿軟無力——再加上沈修昨天嘴上引人遐想的傷口。

簡直鐵證如山。

薩拉被撲面而來的荷爾蒙氣息震了一下，思緒瞬間歪了十萬八千里。

天啊，SgrA 真的要出一個「皇后」了嗎！

黎楚只覺得薩拉不在狀態，眼神到處亂瞟，穿著超高領的毛衣，嗓子還發啞。

使用能力時，薩拉輕輕將手蓋在黎楚手背上，很快就發現他僅僅是太累，需要休息並補充維生素。

薩拉想了想，去替黎楚拿維生素和消除手腕瘀青的藥。

她轉過身，黎楚清楚地看見她耳後有一枚殷紅的口紅印子，看形狀，留下它的女人有著十分優美的唇形。

簡直鐵證如山。

他心想：哈哈哈 SgrA 居然出了一對百合！

天地良心，黎楚本來對百合沒有太特別的觀感，只怪網路上那群宅男，整天喊著「百合最高」，看見一對二次元美女就興奮地狼嚎。

還有人把黎楚畫的人魚和純血公主PS在一起！簡直人才啊，演繹出了一對高貴人魚T配上軟萌公主P的超絕CP。

然後「百合」兩個字，就在黎楚純潔的心裡留下了深刻的印象。

……黎楚會變成現在這樣，怎麼想都是他們的錯！

接下來的兩分鐘，黎楚和薩拉就在鬼鬼祟祟打量對方中度過，彼此都覺得心癢難耐，特別想挖掘對方的隱私出來。

薩拉在黎楚的手腕上塗了一點膏狀物，那玩意沒什麼異味，很清涼舒服。她做完後收拾東西，忍不住試探道：「你……以後勸陛下溫柔一點吧？」

黎楚回想了一下那個不堪回首的強吻，舔了舔嘴唇，氣勢洶洶道：「這個沒關係，我已經討回來了。哼哼，我看他應該痛得不輕呢。」

薩拉半張著嘴，簡直嚇cry了。

——討回來了是什麼意思，什麼意思啊！陛下您除了嘴唇是不是還有哪裡受了重傷啊啊啊啊！

黎楚滿頭問號，伸手在薩拉眼前晃了晃，好半天才把她的魂魄喚了回來，不禁問道：「怎麼了？」

薩拉虛弱地扶著桌子道：「沒什麼，我忽然有點累……」

「那……」黎楚瞬間想歪，趁機試探道，「妳還是勸妳那位……溫柔一點？」

薩拉本能地覺得這個問題有點耳熟，但一想到昨晚和安妮各種鬼混，頓時耳朵通紅，一邊甜蜜地傻笑，一邊華麗麗地無視了黎楚，收拾東西邁著貓步走了。

黎楚：「……」妳難道不應該把藥留給我嗎？啊？

黎楚被薩拉徹底叫醒，身上還陣陣痠麻，很不舒服，打內線讓管家送來一頓午餐後，叼著番茄醬包又上樓去了。

他趴在床上玩線上遊戲，用能力指揮滑鼠到處晃，簡直屬於上帝般的操作，往往對面不是瘋狂喊他開外掛，就是直接摔鍵盤強制登出。

黎楚每次不過打兩、三局，就換一個帳號，因為別人有時一看他的名字就嚇得望風而逃，降低了虐殺他們的樂趣。

但就算不斷換帳號，被他虐得哭爹喊娘的人馬上就會在論壇、世界頻道等地方狂呼「虐菜狂魔來了」，接著伺服器線上人數就迅速下降，只剩下一些還沒搞明白狀況的小白傻乎乎地發問。

黎楚鬱悶地換了一個又一個伺服器，全都找不到願意和他對戰的人。他重新註冊帳號都會被認出來，這下他察覺到不對，切出去在論壇看了一下，找到一篇置頂文章。

某個自稱密碼學博士的玩家，用整整十八頁的論文篇幅，深入解析了黎楚取ＩＤ的規律，那就是偽亂數列表加上某種非對稱加密演算法。

該樓主搜集了黎楚半個月來每次出現的ＩＤ，終於破解出了黎楚的金鑰，並作出一張詳細的表格，列舉他以後可能取的名字。

這張帖子的標題是：**【置頂】【精華】地獄級 Boss 不定時刷新解析！誠邀世界最強戰隊共同狙擊拓荒！**

黎楚：「……」

這日子沒法過了。

黎楚才熱身了一下，感覺自己的能力恢復得差不多，碾壓這些愚蠢人類的工作就被打斷，也懶得換個規律註冊新帳號了。

他刪除遊戲，惡劣地心想「地獄級 Boss 不等你們拓荒已經絕版了哈哈哈哈」，接著隨便逛了一會兒，又發動能力，找出亞當留下的手機。

哦，不是哈士奇亞當，是他的前任搭檔亞當・朗曼。他特地在旅館裡丟下了「黎楚專用手機」。

黎楚當時身體狀況不佳，就把這件事放在一邊，但現在他緩了過來，決定試著聯絡自己的伙伴。

進去這支專用手機後，黎楚轉了一圈，果然沒有什麼使用過的痕跡，只有亞當發來了一條頻道金鑰。藉此，可以找到亞當專用的無線電波，並破譯其中的加密訊息。

無線電波是一項連小孩都可以輕鬆學會的技術，要生成或接收電波的機器也很容易就能手工做出來，提供了在大多數環境下都能做到的簡單聯絡方式。這點顯然是亞當在照顧黎楚現在的未知情況，因為無線電波是黎楚使用能力後可以直接從空氣中捕獲的資料。

黎楚進去了這個無線頻道，發現裡面是每三十秒一次進行的ＧＰＳ追蹤，而且使用的是私人衛星，精準度大約在一米範圍內。

黎楚得到了最新的位置資訊，打開地圖對比——

居然在北庭花園，裡面。

他愣了一下。

什麼情況？

這是亞當的位置，他居然能滲透進 SgrA 的地盤？還是他在監視 SgrA 內部的某個人？還是在用這個座標提醒或者警示我？

黎楚腦海裡一瞬間冒出無數種解釋，最後想道：管他的，我去這個位置看一眼就知道了。

三十秒一次的位置資訊發送只需要非常小的資料量，除非高強度使用能力，不然黎楚無法在房間裡捕捉那個定位裝置究竟在誰的身上。

他從床上爬起來，一邊打管家的內線問哈士奇亞當在哪，一邊想著以遛狗為藉口在外面轉兩圈，應該不會被發現破綻。

管家告訴他，哈士奇幹了很大的壞事，正被一位保全先生進行道德情操教育。

黎楚聽見牠偷吃沈修的早餐，頓時又一頓狂笑，出去後走了一段，果然看見警衛室旁邊拴著一條垂頭喪氣的蠢狗。

牠在寒風中瑟瑟發抖，夾著尾巴垂著耳朵，可憐巴巴地發出「嗚嗚」聲。

保全大叔怒吼道：「你說什麼！你冷？你他媽是雪橇犬——雪橇犬啊！都沒下雪呢！你叫個屁！」

黎楚：「……」

黎楚友善地對保全表達他想遛狗的意願，保全就遞來了包括寵物牽繩和小肉乾等一堆物品，還硬塞了一個飛盤。

哈士奇一看見主人來解救自己，興奮地豎起耳朵，呼哧呼哧諂媚無比地幫他叼起飛盤，夾著尾巴就往外衝。

黎楚被牠拉得一個趔趄，滿頭黑線地跟著跑。

背對保全，他打開了能力，最新一次的ＧＰＳ位置——

就在這裡?!

黎楚滿頭問號，困惑地回頭看了保全大叔一眼。後者正蹲在地上，辛勤地找狗屎，嘀嘀咕咕道：「混帳亞當，讓你吃蔬菜你不吃，整天吃肉，都便祕成這樣，要死啊你。老子伺候家裡那隻一千大洋的貓都沒這麼辛苦……晚上只給你吃菠菜哼哼哼哼。」

——這個保全會是亞當．朗曼的偽裝嗎?

黎楚在寒風中牽著一隻叼著飛盤的哈士奇，躡手躡腳躲在樹後面，看著保全幹完活，走進值班室裡和另一位保全聊天。

哈士奇抬頭嗚嗚嗚了半天，半晌後自顧自地玩了起來，繞著樹自得其樂地轉圈，牽繩就把黎楚綁在樹上了。

黎楚：「……」

黎大魔王怒了，陰惻惻道：「你看見我手上的肉乾了嗎？」

哈士奇滴滴答答流口水。

黎楚：「我把你做成這樣！」

哈士奇嚇得一屁股坐地上，脖子上的項圈勒得一圈白毛根根炸起，十分應景地顯示了牠驚恐萬狀的內心。

兩個保全聊著天忽然大笑起來，黎楚一看他們的笑容就知道，他們絕對不是亞當．朗曼。

他又盯著GPS位置看了半晌，一米範圍其實很小，如果不是保全大叔，剩下的生物就是……

他自己？亞當？

黎楚用充滿審視的眼光看著哈士奇，半晌後說道：「你過來，我要遛你。」

哈士奇快樂地「嗷嗚嗷嗚」，拖著黎楚一路跑了。

黎楚帶著狗從北庭花園的正門一路狂奔到後門，累得自己都想吐舌頭喘氣，過了一會兒控制監視器轉開鏡頭，又將那個GPS位置一看，還真從前門變成了後門。

這下證據確鑿，黎楚充滿懷疑的目光看向了哈士奇亞當。

「亞當．朗曼？」

黎楚盯著牠。

哈士奇無辜回望。

黎楚緩緩道：「我是黎楚。」

——晴天霹靂，丘巒崩摧！

叼著的飛盤噠一聲落地，哈士奇半張著嘴，震驚道：「……黎楚?!」

黎楚實在無語，半晌後終於憋出一句：「你還真天殺的會扮蠢啊，亞當。」

7

黎楚提著寵物牽繩，背後跟著哈士奇亞當，回到了Z座。

管家提醒道：「對不起黎楚先生，先生要求您把亞當放在外面，他說他回來後會與您商量這件事。」

黎楚：「哦。」

然後他帶著亞當跑去了「羅蘭」被關著的別墅（實際上裡面根本沒人），直接控制總系統開了門。因為別墅構造類似，他輕鬆找到了那裡的主臥室，將門一關，嚴肅地與亞當對視。

黎楚道：「這裡沒有監視器，你可以相信我的判斷。」

哈士奇定定看了他一會兒，如同在審視他究竟是不是自己所認識的黎楚。

黎楚繼續說道：「你的GPS定位裝置應該被埋在左前肢，如果我沒記錯，是我設計了這個可植入的隱形裝置。」

哈士奇想了想，除了這個裝置外，能使用留在旅館那支手機的也只有黎楚，出於對黎楚能力的信任，當下認可了他。

片刻後，亞當渾身籠罩著薄薄一層博伊德光，身體變成了銀色的物質，如同液體般在半空中變形，逐漸從大型犬的模樣化成了人形。

黎楚上下打量他的人形。

他最初認為哈士奇是亞當的可能性很小，原因就是哈士奇的體重太輕了，大約只有二十七公斤，比起人類遠遠不及。但現在亞當變成了人形，竟只有一米三左右，相當於一個不滿十歲的小男孩。

黎楚最早遇見亞當時，他是近乎一米九的高大男人；在一次危險的戰鬥中，亞當失去了部分身體，只能化成一米七，而現在他竟然已經不能維持成年人的體型。

黎楚委實有些吃驚道：「你遇到什麼事了，亞當？」

亞當吐出一口氣，渾身赤裸，站到一旁的床上與黎楚對視，說道：「伊卡洛斯覆滅那場戰鬥，我遇到了GIGANTIC的『鬼行人』凱林，本以為他的能力是在牆體中穿梭，我太大意了……他用汽油焚毀了很多我的奈米粒子，我差一點死亡，但還是藉著鷹形態逃了出來。」

黎楚憶起了當時的事情，「鬼行人」凱林也是從牆體中伸出雙手暗算了自己。如果不是莫風，他原本至少可以留下凱林的一隻手，可是他千算萬算，沒有料到莫風竟然是間諜……

思索間，亞當又問道：「黎楚，你呢？我幾乎不敢認你，你看起來至少全身都動過整形手術。告訴我這些天你都在哪裡？我們找了你二十天，馬越拉已經在上週公布了你的死訊。」

黎楚想了想，道：「這件事說來話長。」

他將自己遇到的事大體上告訴了亞當，但沒有提到關於沈修的任何情報和自己確實已經死亡的事情，只說是死裡逃生後換了一個身分，陰差陽錯被邀請進入了SgrA。

亞當全無懷疑，他對黎楚的能力篤信不移，甚至認為SgrA有他的加入是一種榮幸。

十分鐘後，亞當大致瞭解了黎楚的情況，又告訴黎楚關於伊卡洛斯的消息。

基地覆滅後，首領馬越拉立刻進行了反應，直接放棄半個東部地區，轉而收縮組織並投向國家機構。伊卡洛斯剩餘的契約者大部分被收編進入國家執行特組，其中包括了亞當・朗曼自己。

四散逃逸的共生者們因為狗牌的關係被陸續找回來，但還有一部分被當時進攻伊卡洛斯的組織 GIGANTIC 俘獲，現在他們對應著的契約者正面臨著一場勢力陣營之間的談判和再分配。

「馬越拉的反應實在太快了。」亞當說，「我們都猜測她事先一定得到了消息。而且她竟然將部分共生者直接拱手讓給 GIGANTIC，這很可能是出於自保。」

「畢竟 GIGANTIC 的領袖是南面的王。」黎楚喃喃道。

南方之王，又稱「赤王」，他十分神祕，除了西邊的「隱王」外，可以說是情報最少的四王之一。有人說他的名字是文森特，被稱為「赤王」的原因，僅僅是他最重要的心腹米蘭達被他戲稱為「紅皇后」而已。

赤王領導的 GIGANTIC 與 SgrA 的宗旨天差地別，裡面結構非常鬆散，只要獲得他的青睞就可以加入，只要加入就代表著為他服務，在他高興時也會受到保護。

他邀請過的契約者如「鬼行人」凱林，還邀請過他喜歡的大片導演卡梅隆，甚至邀請過街邊小吃的店主，只因為還想再吃一次。

相較於 SgrA 成為內部成員需要獲得多數認可，還要先出任務，最後由沈修拍板，GIGANTIC 簡直毫無節操。

「消息已經得到證實了。」亞當肯定道，「南面的幾個國家表示，那位王早在半年前就動身來到東亞地區。GIGANTIC 的核心人物『紅皇后』米蘭達，也在幾天前出席了東區的談判桌，她想逼迫馬越拉交出你，黎楚……」

黎楚皺眉道：「我？不可能。」

亞當同樣滿是疑惑，他思考這件事情已經很久，但始終沒有頭緒：「他們指名要求你，還出示了你的畫像。馬越拉被 GIGANTIC 逼得無路可走，只能公布你的死訊，她把你的共生者晏明央交給了『紅皇后』，最後他們才勉強滿意。但我覺得他們十分篤定你沒有死，黎楚，GIGANTIC肯定還在搜尋你的下落。」

「這毫無道理，我在伊卡洛斯內部就不曾透露身分，除非絕密情報都被洩漏，否則不可能引來他們直接盯上我……」黎楚捂著嘴，若有所思地想了一陣，但因為情報太少，還不足以讓他進行分析。

他大概知道為什麼GIGANTIC的人確定「黎楚」還沒死。

既然他還保有能力，那代表自己的精神內核沒有在肉體死亡後消散，想必是莫風看見他「死」後沒有精神內核出現，就作出了「黎楚」已經逃脫的判斷。

黎楚又問道：「亞當，你來SgrA做什麼？別告訴我你故意扮蠢，深更半夜變成哈士奇來北庭花園，就只是為了好玩而已。」

亞當還是小男孩模樣，此時有些冷了，就拉起床單裹著自己，說道：「我被編進了特組情報部分第九隊。最近有人覺得SgrA的王發生了一點變化，似乎和他的共生者解除了伴生關係。上頭覺得這是刺探王的共生者的絕佳機會，不求確定身分，只要知道他真的和沈修待在一起就可以了。

「我在外面轉了半天，完全找不到辦法滲透進來，最後鐘曉，哦，這個也是特組的人，他告訴我可以留下部分器官養在我的共生者腹腔裡。這樣做雖然會一直維持交換，但能卸掉至少一半重量，變成討人喜歡的犬類，混進來的可能性會大一些。」

黎楚：「……」

是該告訴他傳說中那個「王的共生者」就是自己呢？還是告訴他，他變成的哈士奇根本蠢死了一點也不萌？

亞當想了想，又說道：「我不是故意扮蠢，犬類和小孩型態的奈米粒子太少了，為了維持必要的生理機能，我必須調整大腦的體積，導致我的邏輯能力和記憶力大幅降低……呃。」

黎楚嘆了口氣，道：「服了你了。難道特組就這麼窮，找不到一個生物結構建模師嗎？不過是設計哈士奇的模型而已，連大腦體積都控制不好。」

「其實我覺得，這個工作只有你能勝任。」亞當誠懇道，「我不希望其他人設計我的型態。五年前我加入伊卡洛斯基地，從那以後我們就是搭檔，我怎麼能一聲不吭讓別人接替你的工作？」

「謝謝，我很感動。」黎楚說，「但是我沒聽錯的話，你的意思是——這隻哈士奇是你自己設計的？」

亞當咳了一聲，害羞道：「是的。」

「……好吧。」黎楚沉默半晌，問了一件他介意了很久的事情，「我可以知道為什麼你總是夾著尾巴嗎？」

亞當猶豫了半天，說道：「鐘曉幫我找人分割了不少器官出來，他們認為消化系統占的體積太大，就把我的大腸小腸還有胃部都拿走了……」

黎楚感覺被雷劈了一下，「那你吃的東西都去跑哪去了？」

「原樣吐出來了，反正時間短，攝取營養可以靠我身體裡預置的營養劑和吸收囊……」亞當羞答答轉過來，露出像邱比特那個變態小男孩一樣的滾圓屁股，然後說：「所以我就懶得變菊花出來了，反正哈士奇有尾巴嘛。」

黎楚簡直風中凌亂，如魔似幻：「我真是小看了特組，他們簡直想像力突破天際！我也終於明白你為什麼死活不肯露菊花了，原來根本就沒有。你一隻哈士奇整天夾著尾巴，我都險些以為是條狼！狼！」

8

黎楚和亞當在房內又聊了一會兒，交換彼此的情報後，發現當天襲擊伊卡洛斯基地的人之中，至少有GIGANTIC的「鬼行人」凱林和間諜莫風，其中後者已經被黎楚殺死，凱林則近期仍在活動。

根據國家特組和伊卡洛斯首領馬越拉的內部線報，當時「紅皇后」米蘭達和「沉睡者」應該也在場，米蘭達更曾經深入伊卡洛斯。

這是她首次被確認參與了戰鬥現場，此後她亦不斷出面要求馬越拉交出黎楚，背後的「赤王」文森特則呈默許姿態，並要求各個勢力配合米蘭達的動作。

他們有黎楚的畫像，樣貌栩栩如生，一眼就能認出來。

黎楚先前跟隨沈修在外走動，見過他的幾個契約者中，有一個已經提到了他本人。

但為何 GIGANTIC 的重要人物千里迢迢來到東區，要盯著一個來歷成謎的契約者不放？這對所有人來說始終是一個謎團。

黎楚不知道的是，這件事很快陷入了更加複雜的局面。

就在這一天，關於盛世音樂會事件的多方會議當中，東區之王，近年被稱「白王」的 SgrA 首領沈修，明確表態，將契約者「黎楚」徹底置於 SgrA 的保護之下，拒絕任何談判和試探，否則將視為對王權的挑釁。

瞬間引起軒然大波，輿論譁然。

異能世界對於重大事件的通訊速度快得常人難以想像，比網際網路還要高效和可靠。

東區要炸了好嗎！

兩位「王」對同一個契約者有興趣，還發出了截然不同的命令！

兩個原本中立的王系組織很可能直接對峙！半個地球直接面臨著劃分陣營的重要選擇，剩下兩位王如果知悉以後進行表態，全世界都可能要炸了！

很多人光是想像接下來可能的腥風血雨，就感覺頭皮發麻。

下午四點。

沈修回來的一路上內部訊息不斷叮叮亂閃。

他原本有所準備，在下一次的SgrA例會當中正式介紹黎楚，把他當作「一個重要的人」進行介紹。

含糊其辭本是無可奈何之下的選擇，他在SgrA的威信卻足以支持這一點綽綽有餘。他必須保證麾下的王系組織清楚明白黎楚對他的重要性，這不僅是對黎楚的保護，同時也是身為領袖的義務。

但音樂會事件讓他感到更加緊迫，有人故意或無意間對黎楚下手，伊卡洛斯的覆滅也由此而來，現在GIGANTIC幾乎是在公開追捕黎楚，情況已經不允許再封鎖消息等待事情平息了。

藉機向外部聲明了這件事，接下來就是對SgrA內部的要求。

沈修之前未曾透露風聲，他需要這個消息的突然性和沸沸揚揚的輿論，這可以將「黎楚」這個名字，更深地刻進異能界那些桀敖不馴的契約者腦海裡。

而現在，沈修還在遲疑究竟要將黎楚放在什麼位置上，他很少這樣猶豫。

——說共生者是斷然不可能的，說是心腹則瞞不過幾個核心組長，其餘選擇則位置太低，無法保證黎楚的地位……

還有，SgrA的新成員黎楚，和伊卡洛斯基地的黎楚是同一個人的消息，究竟從哪裡走漏？

馬可才搜查到伊卡洛斯基地的消息，沈修自己都剛明白來龍去脈，GIGANTIC就幾乎同步地追查到了黎楚，甚至獲得了黎楚現在的畫像……這幾乎只可能是SgrA內部成員透露的。

若非證據確鑿，他絕不願無故懷疑下屬。

沈修的座駕車窗全是單面可視玻璃，亦有隔絕紫外線的作用。他坐在後座，看著外面的景色，近乎無色的瞳仁微微收縮，長嘆了一口氣。

手機仍在震動，沈修打開看了一眼，見到老朋友黑主教發來訊息：「陛下，我被緊急召回梵蒂岡了。接替我的是一名宗主教，可能將很快進行接觸。如果有什麼我可以做的，隨時聯繫。」

後勤組組長兼首席治療師薩拉：「頭兒！已經有人開始懷疑黎楚的身分了，但是還沒猜到真相！我剛集合組員進行了聲明，集體無異議！」

情報組的馬可：「陛下，截至下午四點十二分，北庭的網路系統遭到十二股勢力滲透，已擊退其中九波。我們關閉了外部通訊，希望您能諒解。我對本組的無能深感羞愧，等待指示。」

戰鬥組的塔利昂：「誓死完成陛下的命令。全體無異議。」

除此以外，各個沈修麾下的王系直屬勢力皆已表態，與SgrA走得較近的幾個準王系則大多一一擁護，用詞反而比前者更激烈一些。他們無權直接聯繫沈修，由馬可隨後發來的郵件說明，更詳細的書面文件將在一小時後呈放在沈修的書桌上。

局勢與沈修預想中差不多，但更緊張一些，畢竟底下的人無從得知兩位王究竟是如何想的。

說實話，沈修和赤王文森特的關係比世人所認為的更熟悉一點。雖然沒有達到朋友的程度，但還不至於直接動手。

至少，GIGANTIC的核心、文森特的心腹「紅皇后」米蘭達，已經發來了關於兩王會晤的邀請。

黎楚撩開窗簾看了一眼，北庭花園的保安人員都走出室外忙碌著，便回頭對亞當說道：「沈修快回來了。」

「『白王』沈修？」亞當跟著看了窗外一眼，連忙啟用能力，變回哈士奇。

黎楚放下窗簾，想了想道：「你不能留在這裡。告訴特組那群蠢貨，SgrA的絕密情報沒那麼好獲取，沈修要是看到你，九成九的可能你已經死了。我今晚就送你離開……」

「我相信你的判斷。」亞當說道，停頓時叼起落在地上的項圈，遞到黎楚手裡，「但是什麼也沒有的話，我很難向上面交待，況且現在我已經進來了，他們對我們這群伊卡洛斯的老人一直抱有警惕，可能不會相信我的說辭。」

黎楚一邊幫他把項圈戴回去，一邊說道：「隨便拿點什麼給他們，比如說首席治療師薩拉搞百合什麼的……」

「百合！真的嗎？」亞當震驚道，「我能不能看一眼再走？」

黎楚道：「看個頭啦！你看看她，她再玩玩你，萬一被她發現你沒有菊花怎麼辦？」

亞當用哈士奇的小腦袋深沉地思考了一會兒，終於覺得貞操似乎比百合重要那麼一點兒，只好放棄了。

黎楚牽著亞當——說實話，牽著自己的老朋友到處遛的感覺相當好——走到門口前忽然想到了什麼，小聲問道：「你有真的狗毛嗎？」

「有。」亞當道，「鐘曉在我肚子上放了一片真毛，他說不褪毛的大狗都只是絨毛玩具。」

「好有道理。」黎楚莞爾道。

黎楚在牠肚子底下四處摸，終於摸到一塊比較硬的毛皮，若不是知道它在哪裡還真很難分辨，畢竟亞當的化形可以直接把整塊毛連接上去。黎楚把毛皮撕下來，放進自己口袋裡。

亞當嘶地抽了口氣道：「禿了！要禿了！」

黎楚安慰道：「沒什麼，你還小，會長的。」

亞當：「……」哦我想到了我嚴重縮水的身高，心好痛！

黎楚把亞當拴回警衛室外面，出來又等了一小會兒，就看到沈修的車緩緩駛入。

沈修見黎楚等在門口，便讓司機停車，自己拎著傘走了出來，問道：「你在這裡做什麼？」

黎楚道：「遛狗。」順便指了指一邊的亞當。

亞當連忙繞著圈「嗷嗚」了兩聲，示意自己是一隻蠢萌的哈士奇。

沈修撐開傘，不置可否地點點頭，說道：「回去吧。」

黎楚跟在他後面，心想：我得找個藉口把亞當弄出去。可是昨天我自己把牠帶回來，還說要養著的……怎麼辦，出爾反爾會不會太可疑？

想了一會兒，黎楚頭上叮一聲冒出電燈泡，有主意了。

沈修不是不同意養狗嗎！我就和他吵兩句，假裝妥協了就好！到時候放走亞當名正言順……

不能更機智。

黎楚快走兩步跟上沈修，隨口問道：「你今天去哪裡了，怎麼不帶上我？」

沈修遲疑一瞬，道：「處理關於昨天的事件。」

那就是盛世音樂會的事情，黎楚想。他心裡剛做了隱瞞亞當的打算，還想著利用沈修，心虛外加有些走神，開口就來了一句：「對不起。」

沈修簡直懷疑自己聽錯了，回頭看了黎楚兩眼，問道：「你是不是聽說了什麼？」

比如聽說了今天他剛作的聲明，不惜一切代價保護黎楚……為什麼他會感覺有點難以啟齒？

黎楚一整天都跟亞當混在一起，根本什麼也沒聽說，聞言茫然地「啊？」了一聲。

沈修又不說話了。

兩人回到Z座，沈修脫了外套。

黎楚看了一會兒，忽然說道：「我聽說了。」

沈修抬眼看他，動作一滯。

「是關於早餐的事情吧。」黎楚道，「聽說亞當吃掉了你的早餐，對不起……」

沈修：「……」

黎楚心想：終於把話題扯到亞當身上了，你快點說不准養狗啊！

沈修難以置信，心想：他居然又道歉了！薩拉是不是給他開了什麼奇怪的藥？

見對方不答話，黎楚繼續說道：「其實我覺得我們同居，還是需要互相體諒，如果你有什麼不滿都可以告訴我，我也會認真聽取的。」說完期待地看著沈修。

沈修：「……」

他還表示會聽取我的意見？薩拉呢！薩拉在哪，她究竟開了什麼藥？

黎楚又道：「養狗的事情也是可以商量的……喂，你有沒有在聽？」

沈修走近，摸了摸他的額頭。

黎楚：「嗯？」

沈修緩緩道：「你如果不太舒服，別的事情我們可以明天再說。」

他將外套一掛，便上樓去了書房，拿出手機撥打薩拉的號碼。

黎楚茫然看著他心想：等等你回來！你還沒有說不准養狗，我還沒妥協啊！

9

沈修上樓後只來得及看一些重要的情報，晚飯都來不及吃，準備著晚上的SgrA全員緊急會議，接著便前往A座開會。

黎楚鬱悶地孤零零吃了晚餐，想了一會兒，帶著兩盒食物走出門。一盒是替亞當準備的紅燒肉，裡面夾著一張告訴牠等自己想辦法的紙條；另一盒則是幾塊糕點，黎楚打算去A座探探情況，他覺得今天有什麼不同尋常的事情發生了。

此時臨近七點，在下午得到通知後，SgrA成員無論身在何地、有何工作，都直接往回飛。

一般執行地點稍遠的任務都會安排給有能力趕路的成員，以提升效率和減少危險，因此他們在半天的時間裡竟能全部到齊，一共四十二人，包括三名組長：馬可、薩拉和塔利昂。

現在他們在A座地下的祕密長桌會議室當中，在解決常規會議內容後，就一直在討論黎楚的事情。

沈修並未透露關於黎楚的情報。部分SgrA成員表達了對黎楚這個新來契約者的不信任，但沒有人質疑沈修的決定，他們都由沈修親自帶領，忠誠毋庸置疑。

黎楚到達A座時被管家攔在外面，按照規定，非正式成員不能加入會議。

黎楚在A座坐下時，遇到了薩拉的共生者安妮。

這是他們第一次見到彼此，都感覺對方很有魅力。

聊了片刻，安妮詫異道：「抱歉，我無意冒犯，但是……陛下沒有帶你進去嗎？」

黎楚疑惑道：「我必須參加嗎？」

安妮打開手機，翻出一個異能世界的新聞網站，讓他看上面碩大的標題：

白王力保神祕「黎楚」：二王或將爭鋒

黎楚：「……」

他拿出自己的手機，在各大網站和論壇看了一圈，所有的置頂新聞和帖子都是關於這則消息。他甚至在某個論壇看到一段拍到了自己的監視器畫面，還有人明確懷疑白王沈修帶在身邊的新寵就是黎楚。

黎楚被震了一下，從沒想過自己有一天會這樣出名，還是以這種方式出名。沈修在想些什麼，不怕他的共生者身分被挖出來嗎？

完蛋了，他想，以後搶銀行會被認出來了……而且，駭客第一守則是保持神祕，一個大名鼎鼎的黎楚還能是一個好駭客嗎？

「他們開會通常要多久？」黎楚問道。

安妮想了想，為難道：「如果是例會，大約三個小時，緊急會議則不一定，主要看陛下如何把握。」

黎楚捂著嘴思考，一切來得太快了。

現在最緊要的倒不是旁人怎麼想、怎麼做，而是自己先做好萬全準備。首先，一定要將沈修共生者「羅蘭」的身分安排好，然後是從伊卡洛斯逃出來加入了SgrA的契約者黎楚的身分必須經得起考驗。

還有亞當，必須盡快送走他。他們已經不再是簡單的搭檔關係，亞當已被編入國家特組，他們不再適合私下接觸。

事情太多，但黎楚相信沈修既然公布了這個決定，就必然已做好準備，因此自己現在第一件要做的事情就是——趕緊一腳踹走亞當！

八點出頭，會議終於結束了。

沈修回到Z座時，見到黎楚兩手交叉撐著下巴，直勾勾看著自己走進來。桌上還放著一盒糕點。

「餓了嗎？」黎楚溫柔地說，「我幫你留了一點。」

沈修：「……」還沒恢復正常嗎？

「坐。」黎楚道，「我聽說了你今天做的事情……我知道你替我想了很多，謝謝。」

沈修坐到他對面，伸手摸了摸盒子，裡面的糕點熱過了，溫度正合適。房間燈光的亮度也正合適，氣氛感覺很好。總之什麼都不太對勁。

不知怎地，他忽然有點緊張。

黎楚欲言又止，不知道怎麼引出關於哈士奇的話題，試探道：「你有沒有覺得……屋子裡很安靜？」

黎楚心想：快點想到那隻蠢狗啊，他不是吵得要死，打擾到你了嗎？

沈修心想：因為我今天沒有帶他出去，他覺得屋子裡很安靜……很寂寞？

面對黎楚期期艾艾的模樣，沈修心軟得一塌糊塗，想了半天該怎麼回答，最後說道：「你可以留著那隻哈士奇。」

黎楚：「……」

他差點抓著沈修的肩膀咆哮：這劇本完全不對啊！你不是討厭狗嗎！你這麼一說我哪來的理由一腳踹走亞當啊！

沈修嘗了一塊糕點，發現是榴槤味……頂著滿頭黑線，終於吞了下去。

一旁的黎楚怎麼都得不到自己想要的回答，暴躁地想摔桌子走人，半晌後意識到一件事——

現在八點多，該接吻了。

黎楚走到沈修座位旁邊，手肘支著桌子，微微俯下身，說道：「沈修……」

剛想說出這件事時，忽然見到沈修扭頭看過來的眼神。

暖黃色燈光實在太溫柔了……黎楚想。沈修的眉眼明明冷冽如常，但是他的眼神，像黑夜裡的行人看著一團熱烈的火，全部是迷戀和渴望；那團火映照得他淺色的眼眸裡也像燃起了火苗。

這感覺突如其來，黎楚被深深地震撼，不由得為之顫慄。

他瞬間失去了所有言語，直到沈修伸手撫上他的側臉，手指插進他的碎髮裡，引導著他低下頭。

沈修輕輕含住他的唇瓣，溫柔地吮吻。

黎楚被他悠長的呼吸蠱惑，小心地親了親他作為回應，然後環著他的脖子，探出舌頭，主動地吻了回去。

舌尖靈敏的觸碰，以及每一次舌苔間蹭過的濕暖感覺，都令人難以抵擋。

他們接吻過很多次，唯獨這次純然不同，黎楚知道有什麼東西被改變了，卻全然顧不得理會。

很舒服。黎楚茫然間想。

兩人都不知道他們到底吻了多久，直到黎楚猛然回過神。

黎楚抬起頭，驚詫地摸了摸自己的雙唇。

沈修嘴角微微上翹，溫和道：「喜歡？」

黎楚愣了一下，沒想明白自己怎麼忽然傻了，片刻後呆呆道：「榴槤味……」

沈修哭笑不得，又覺得黎楚偶爾這麼愣一下，意外地十分可愛。今天的狀況實在是太不正常了，難道薩拉真的開錯藥了……嗯，必須好好嘉獎薩拉。

吻也吻完了。

雖然感覺與以往不太一樣，但是既然事情都已經完了，黎楚就不會多想，他向沈修道了晚安後便上了樓。

亞當的事情，似乎弄巧成拙……黎楚咬牙切齒地想：沈修怎麼這麼不堅定！就說一句不同意養哈士奇有那麼難嗎！

他躺在床上想了一陣，偷偷摸摸上匿名論壇，想了半天，發了篇帖子問：

「老婆弄了條狗回來，我不想養，該怎麼委婉拒絕？」

等了半天，帖子石沉大海，沒人關注一個名不見經傳的帳號。

黎楚鬱悶地換了個地方，懸賞一百財富值重新開了個問題，三十秒後就有人回覆道：「你敢違抗聖旨？造反了你！」

黎楚：「……」

在這個國家，婚後的男性究竟都處於什麼樣的家庭地位啊。

又等了一會兒，終於有一條正經的回答說：「認真地告訴她你的理由。或者偷偷在手上劃一道，假裝被狗咬傷或者抓傷了，通常她就不會堅持了。」

黎楚想了一下：沈修剛以王的名義宣布要保護他，他就給自己劃出一道口子說是亞當咬的……先不說這個道德情操和偽造難度的問題，沈修要是信了，會不會當場把亞當滅了？

……好像，真的有可能。

黎楚嘆了口氣，跟在那個回答後面追問：「有沒有不受傷的辦法？」

過了一會兒，那人回覆說：「你的狗是公是母啊？是母的就說不守婦道，懷了孩子，不好照顧云云，給送給一位獸醫朋友了。你老婆要是還想養牠，你就和你老婆討論無媒苟合、白日宣淫、不知廉恥的道德問題。」

黎楚：「……」

神人啊！

於是第二天，黎楚藉著遛狗的時間，小聲告訴了亞當這個主意。

亞當：「……」

老子是公狗啊！啊呸不對，老子是男人啊！

黎楚道：「誰讓你真的懷孕了？你就稍微變一下，把肚子鼓起來，假裝懷孕嘛。」

亞當想了半天，終於鬱悶地「嗷嗚」了一聲。

黎楚當他同意了，繼續囑咐道：「萬一他們要檢查你的肚子，你給我裝像點啊。菊花不露出來就算了，變成母狗以後，肚子上也給我露出乳頭啊。」

亞當：「……」

晴天霹靂。

當天下午，這個計畫就成功實行了。

在亞當屈辱地被數名陌生人摸摸鼓起來的肚子後，管家委婉地表達對於哈士奇一夜之間腹大如盆的疑惑。而黎楚則矜持地表示：這實在太不知廉恥了，太不要臉了！亞當居然無媒苟合、未婚生子！

管家先生滿頭黑線，最後說道：「好吧，黎楚先生，如果您決定要送走牠的話。」

於是這隻因為頭卡在欄杆裡而被帶進去的哈士奇，就因為肚子裡有了野孩子，又被送了出去。

黎楚再三表示，一定要找個優秀的、可靠的獸醫來替他接生，如果有可能，還希望領養亞當的其中一個孩子。

亞當：「……」

——所以為了不會真的有小狗送回來，我還得流產或者一屍N命咯?這計畫真他媽毫無破綻。

10

送走亞當後，沒過多久，黎楚的微博帳號「大河二何」就收到了來自粉絲「Audrey」，也即是亞當的第三條私信：「大大安安，我剛放假回家喔。我們這裡的特產很棒，如果可以真想寄去給大大嘗嘗。」

黎楚翻譯了一下，猜測其含意大概是這樣：我安全返回了。如果有別的消息，會試著傳給你。

不知道亞當在特組過得如何？馬越拉將他們當作交易品一般送了出去，自然不會費心安排他們的去處。但至少亞當提到了鐘曉，這個人的品行還算過得去，應當不會太過為難他。

這次他們派亞當執行試探 SgrA 這種頂級任務，想必也是出於考量其忠誠度，而沒有打算真的能獲得什麼情報。

現在鬧得最大、他們最想查清楚的事件，毫無疑問就是「黎楚」風波。

黎楚曾使用自己的能力小心地滲透 GIGANTIC，或在別的地方搜尋相關資訊，但至今還沒有人知道為何赤王會執著於伊卡洛斯基地的一個研究人員。

而 GIGANTIC 這個組織簡直鬆散到令人抓狂，其內部成員的訊息成千上萬，卻沒有真正有用的內容。「赤王」文森特簡直就像不存在一樣，沒有人提到他，只有「紅皇后」米蘭達時不時命令人晚餐煮什麼，早餐買什麼，都是雙人份。

而「紅皇后」米蘭達每週換一支手機，黎楚也曾經截獲消息，但其中的內容是長篇累牘地和另一個人討論上個月新出的一部耽美廣播劇。

……耽美廣播劇是什麼鬼東西！

黎楚抓狂地上網搜索，弄明白這是一種只有聲音、兩個男人談戀愛的戲劇之後，徹底對調查GIGANTIC這個神奇的組織絕望了。

一天後，黎楚接到管家的內線電話，告訴他保全收到了一個寄給「大河二何」的包裹。

黎楚沒有任何準備，也不覺得有誰會特地寄包裹給他——現在是特殊時期，所有寄給「黎楚」的信件和包裹都被銷毀了，但是寄給「大河二何」的前所未見。

畢竟黎楚從未在網路上留下任何資訊，他的粉絲也不知道「大河二何」住在哪裡。

沈修沒有囑咐過如何處置這種東西，他現在正在開會，管家不知道如何處理，只好通知黎楚。

黎楚過去看了看，包裹上清楚明白地寫著給「大河二何」，落款處則是「Audrey」。

不是吧，亞當這家伙還真的寄特產過來？

管家告訴他：「黎楚先生，我們檢查過包裹，裡面沒有易燃或者有毒的物質，但還是不排除有危險性。您同意的話，我們希望打開包裹，仔細檢查裡面的東西。」

黎楚點點頭。

他們小心地戴著白手套，在專用封閉空間裡拆開包裹，取出了數十包特製的番茄醬，還有一大盒糕點，外盒上歪歪扭扭地寫著「血燕窩榴槤酥」。

眾人：「……」這什麼黑暗料理啊！

在分別拆開檢查並分析過一番以後，這些食物都沒有可疑因素，黎楚就快樂地帶著他的番茄醬和血燕窩榴槤酥回去了。

他先拆開番茄醬包叼著，再看了看裡面的字條。

血燕窩榴槤酥，兼具燕窩的口感和榴槤的香味！如嚐到一丁點血液的腥甜也請不要驚慌哦！

亂七八糟。黎楚隨手揉了丟進垃圾桶裡，剛取出一個榴槤酥想吃，沈修就回來了。

他已經忙了一陣子了。

這兩天事態發展得很快，沈修決定與GIGANTIC的「赤王」文森特進行會晤，他們將這次見面定位為老熟人的下午茶，不準備嚴肅進行，當然如能藉此解決關於黎楚事件的矛盾就再好不過了。

事情敲定，沈修終於有了一點空閒，他疲憊地回到Z座，看見黎楚坐在沙發上，茶几上有一堆紙盒。

……又在玩什麼奇怪的東西？

黎楚想到不久之前，沈修吃了一塊榴槤味糕點後的反應，忽然肚子裡冒壞水，心想：給他嘗嘗這個……會是什麼反應？

他不懷好意地看向沈修，溫柔道：「餓了嗎？我給你留了一點甜點。」

沈修忽然覺得這話有點耳熟，不過也不想拒絕，便接過一塊榴槤酥……然後被它的氣味熏得嗆了一下。

「這是什麼？」沈修來回翻看，問道。

黎楚想了想道：「這個是燕窩做的糕點，很特別，絕對沒有榴槤，只是氣味像而已，我想留給你嘗嘗。」

沈修皺著眉，勉強咬了一口，片刻後挑起眉，略顯意外，又看了裡面的餡料一眼，說道：「還不錯。」

他將榴槤酥全部吃完，隨後將外套放下，施施然走了。

這回輪到黎楚受到了驚嚇，這個發展完全出乎他意料，莫非這東西真的非常好吃？好吃到連沈修都抵抗不了？

他拿起一塊，放進嘴裡。

三秒後，黎楚：「嘔……」

他起身衝向洗手間，打開門以後，發現沈修在裡面漱口，刷牙。

黎楚：「……」

沈修默默讓開了位置，嘴角帶著一絲黎楚式的笑意，含糊道：「聰明人不會在同一種糕點上栽倒兩次。」

終日打雁，終於被雁啄了眼。常在河邊走，哪有不濕鞋……

黎楚這樣安慰著自己，連續刷了兩遍牙，痛苦地坐回沙發上。

沈修傷敵八百自損一千，為了騙黎楚自己也吞了一整塊下去，臉色發黑，坐在他對面。

兩人無言對視了片刻，沈修咳了一聲，說道：「有件事，我想提前讓你知道。」

黎楚嗯了一聲。

沈修略直起身子，手肘撐在腿上，兩手交握地想了幾秒，開口說道：「後天是SgrA的例會，我會將你正式介紹給全部成員，並向外界公開你的身分……是我的『愛人』。」

黎楚愣了一下。

沈修繼續說道：「我希望你能理解，如果不想暴露共生者的身分，又要獲得最高級別的保護，光有SgrA內部的認可是不行的，還需要一個足以匹配和震懾的地位……」

「好啊。」

沈修話被打斷，停頓了一下，看向黎楚。

黎楚輕鬆地說道：「好啊。我也覺得這個身分是經過深思熟慮以後的選擇，如果是『愛人』，就完全能解釋之前的過度保護，還可以繼續保持一起出門一起宅著的關係，的確省了很多麻煩。不過，這不會對你的威嚴有所損傷嗎？」

歷來的契約者很少發生愛情這種關係，除了解除伴生關係，他們從生理上就沒有什麼可能產生感情；為王者有時會蓄養幾個情人，但一般不會向外界公布，不過不管怎麼做都是王的自由，無人能置喙。

沈修說道：「無妨，只要你同意即可，我會安排這件事。後天的會議我會帶你出席，不必緊張，有什麼問題都可以來問我。」

沈修看了手表一眼，走上樓梯，他還有文件要處理。

「等一下。」黎楚叫住他，起身道，「我知道這些事情都不容易，我……沈修？沈修！」

黎楚的神情一瞬間帶著驚惶。

沈修扶著樓梯，瞳孔略微擴散，幾秒後，一頭栽了下來。

黎楚從未想過不可一世、強大如沈修的存在，竟然也會在自己面前倒下。

然而他立刻反應過來，在沈修完全失去意識之前，千鈞一髮地扶住了他。

兩人在樓梯上滑了幾步，沈修呼吸急促，抓著黎楚的手臂，似乎想說什麼，但隨即陷入昏迷。

黎楚翻手摸他的脈搏，隨後奮力將沈修盡量平穩地移到平坦的地上，去聽他的心跳和呼吸聲。

一切都沉緩有力……但是太過冗長了。

沈修陷入了深度昏迷。

黎楚急劇喘息，片刻後起身撥打內線電話，直接接通薩拉，要求她立刻、即刻來Z座。

薩拉因為黎楚的語氣而重視起來，電話打到一半就往外趕。

黎楚在原地繞了好幾圈。

該通知 SgrA 的其餘成員嗎？

不，他們未必有什麼作用。現在最重要的是確認沈修的身體狀況，太多人過來，只會讓場面更加混亂而已。他們的王剛剛倒下了，這無異於是一場天崩地裂般的災難。

黎楚雙手撐在兩側太陽穴，片刻後去扶地上的沈修，艱難地將他放到沙發上。

幾秒後，黎楚瞳孔驟縮，難以置信地發現，沈修全身都在散發博伊德光。光芒由弱漸強，將沈修完全包圍後劇烈一閃，終於消失。

黎楚因為強烈的震驚而呼吸一滯。

沈修純白的髮色變成銀灰色，膚色不再是白化症特有的蒼白；他寬闊的肩膀和高眺偉岸的身軀原本深具王者風範的成熟魅力，現在則只有一名少年的矯健體態。

當他睜開眼，看向黎楚的，是一雙天青色中雜著貓眼石般蜜金色的迷茫眼眸。

「你……是誰？」他用變聲期的沙啞嗓音問。

——《靈魂侵襲02》完

高寶書版集團
gobooks.com.tw

BL002

靈魂侵襲02

作　　者　指尖的詠嘆調
繪　　者　六百一
編　　輯　林紓平
校　　對　任芸慧
美術編輯　林鈞儀
排　　版　彭立瑋

發 行 人　朱凱蕾
出　　版　英屬維京群島商高寶國際有限公司臺灣分公司
　　　　　Global Group Holdings, Ltd.
地　　址　臺北市內湖區洲子街88號3樓
網　　址　www.gobooks.com.tw
電　　話　(02) 27992788
電　　郵　readers@gobooks.com.tw（讀者服務部）
　　　　　pr@gobooks.com.tw（公關諮詢部）
傳　　真　出版部　(02) 27990909　行銷部 (02) 27993088
郵政劃撥　19394552
戶　　名　英屬維京群島商高寶國際有限公司臺灣分公司
發　　行　希代多媒體書版股份有限公司/Printed in Taiwan
初版日期　2018年3月

國家圖書館出版品預行編目(CIP)資料

靈魂侵襲 / 指尖的詠嘆調著.-- 初版. -- 臺北市
: 高寶國際, 2018.03-
冊；　公分. --

ISBN 978-986-361-492-0(第2冊：平裝)

857.7　　106024940

三日月書版

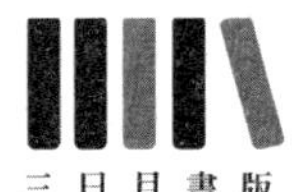
三日月書版

GOBOOKS
& SITAK
GROUP©

GOBOOKS
& SITAK
GROUP©